Pour Ariane Bois-Heilbronn,

L'INFANTE SAUVAGE

,

pas tout à fait infante
ni tout à fait sauvage!

Bien cordialement.

DU MÊME AUTEUR

LE CABINET DES MERVEILLES, Denoël, 1995.
UNE HEURE À TUER, Denoël, 1998.

ISBN 978-2-330-17388-3

MARIO PASA

L'infante sauvage

ROMAN

un endroit où aller
ACTES SUD

Pour Jean-Michel et Lola,
qui m'ont accompagné
dans cette aventure,
chacun à sa façon.

Dans la peinture, enfin, le monde se tait.
Par elle, son silence est rendu visible.

ARMAND FARRACHI,
Michel-Ange face aux murs, 2010.

Tu es belle, ma petite âme, dans n'importe quelle parure.

HIPPOLYTE BOGDANOVITCH,
Douchenka, 1783.

Madeleine Gonzalès, huile sur toile, 123 × 86 cm.

DANS LE TABLEAU

JE SUIS NÉE avec la peur de naître et morte avec la peur de mourir. Entre ces deux instants, mes soixante-dix années de vie ne se sont pas écoulées : elles sont restées figées par cette sourde crainte que partagent toutes les créatures de Dieu et qui fait de l'humain une bête, de la bête un humain. Ayant été les deux, je l'ai doublement portée en mon ventre. Pour l'immense majorité des êtres, une si lancinante inquiétude est comme une respiration instinctive à laquelle ils ne prêtent pas plus attention qu'à la mécanique de leurs poumons ; et quand elle les saisit dans leur conscience, ils veulent en croire le motif extérieur à eux-mêmes.

À chaque seconde, je me suis sentie grosse de cette peur universelle. Jamais je n'en ai été distraite, y compris lorsque je jouais au bonheur. Elle m'a pétrifiée jusqu'à sécréter peut-être en moi une pierre véritable, ainsi qu'il s'en fabrique sous le nom de "bézoard" dans l'estomac de chèvres d'Asie. Je n'ai pas la preuve d'avoir nourri au fond de mes entrailles ce genre de concrétion prodigieuse, car à ma mort nul n'a ouvert mon corps pour percer le secret du prodige que j'avais été moi aussi.

Il me semble que ces objets se forment autour de végétaux mal digérés ou de cailloux avalés par mégarde, à moins qu'ils ne naissent de la crédulité. Certains sont constitués de cheveux que les fous s'arrachent et dévorent, m'a-t-on signalé avec un méchant plaisir. Quoique très velue en plusieurs endroits du corps et de la figure, telle que mon père, mes frères et mes sœurs, sauf une, j'ai toujours pris soin de ne pas ingurgiter de poils. Je ne me suis pas égarée dans la sauvagerie, et au pire j'ai passé pour un petit animal savant.

Il peut paraître surprenant que je ne me sois pas rasée ou épilée quotidiennement, que je n'aie pas cherché à demeurer glabre au moyen d'onguents à la composition douteuse. Parfois tentée d'éliminer ce qui me poussait sur le dos des mains, j'ai dû y renoncer afin d'éviter entre celles-ci et mon visage, mes seules parties visibles, un défaut d'harmonie qui m'aurait donné l'impression de porter soit un masque pelu, soit des gants de peau. D'ailleurs, je n'avais pas intérêt à changer d'apparence en me dépouillant de ma toison. De hauts personnages me témoignaient un sentiment différent de l'affection qu'ils offraient à des animaux de compagnie. M'auraient-ils complimentée sinon sur mon esprit, ma civilité et mon incontestable grâce ?

Des siècles après ma disparition on a déclaré ma famille atteinte d'*Hypertrichosis universalis congenita* pour qualifier ce que d'aucuns considèrent comme une fourrure humaine et d'autres comme une chevelure animale. Le verdict d'hypertrichose universelle traduit trop littéralement notre pilosité surabondante et la fatalité congénitale prétend résoudre le mystère de notre rareté. Mais il faut avouer que de mon vivant on n'a pas forgé de termes pour expliquer notre aspect, ni pratiquement rien écrit sur nous, et depuis ma mort on a multiplié les erreurs dans le récit de nos existences, où manquent beaucoup de chapitres.

Le peu qu'on sait, je suis capable de le restituer plus ou moins ; ce qu'on répète à tort et à travers, je refuse d'y songer ; ce qu'on ignore, j'essaie de m'en souvenir. Cependant, je n'ai pas l'assurance d'être continuellement dans le vrai. Suis-je née en 1572 ? Ça m'arrange de le croire, et de toute manière j'ai été mise au monde durant cette décennie.

Moi l'enfant loup, lion, chat ou singe, moi la bête et la belle, moi Madeleine Gonzalès, je suis un être réel sans historiographe et une créature de conte sans auteur, je suis une image et veux oublier que je suis morte ; alors je dois me raconter moi-même afin d'incarner mon portrait en pied à l'âge de huit ans.

Sur le tableau de bonne taille qui a pour arrière-plan une caverne obscure, j'apparais seule et en pleine lumière, éclairée par la blancheur de la fraise qui sépare ma tête de petit monstre de mes contours de petite fille. Le peintre a aussi représenté mon père, mon frère de trois ans et ma mère, malgré qu'elle soit née sans pelage. Nous avons chacun notre toile mais sommes exposés sur le même mur d'un château.

L'artiste s'est trompé en me dotant de mains non pileuses. Il a fait pareil pour mon père et mon frère. Eux en ont une qui effleure la roche. Les miennes hésitent entre le vide et le contact de l'étoffe ; la gauche est à la hauteur de mon ventre endolori. Est-il possible qu'une pierre de bézoard me torture en obstruant mes boyaux ?

Je souffre surtout à cause de la rigidité du busc. Cet ensemble de lames de bois est situé sous le corps piqué, l'armure en entonnoir qui m'emprisonne le tronc. La jupe en jaillit telle une cascade bouffante par l'effet du vertugadin placé dessous. La couleur de ma robe est une sorte de rose qui vieillit, contrairement à mon visage. La couleur du temps qui passe.

Mes manches, grises et assez ajustées, n'ont rien à voir avec celles à gigot, énormes, dont la cour de France raffolait dans ma jeunesse. Vêtue à la tudesque, c'est-à-dire à l'allemande, je ne respecte pas la mode, mais les Parisiens ne se vantaient-ils pas d'être accoutrés de mille façons, par exemple à la poulonesque ou à la turquesque, et plus à l'italienne ou à l'espagnole uniquement ?

Je n'ai pas été le jouet de cette superfluité d'habits dénoncée par des sermonneurs sanglés de noir comme ma mère. Ils proclamaient qu'un individu qui se pare défigure l'œuvre divine. Dans mon cas, un accoutrement magnifique n'aurait pu défigurer ce qui l'était déjà aux yeux de la multitude. On accusait les riches atours de glorifier le corps pourrissable au détriment de l'âme immortelle ? Je réponds que sur mon portrait ils visent l'opposé : cacher mon corps avec ma belle âme.

Une fourrure faciale astucieusement relevée libère ma physionomie humaine et ma coiffure est dite "en ratepenade" parce que ce mot désigne la chauve-souris dans un parler méridional et qu'une crinière formant deux masses symétriques évoque les ailes ou les oreilles de cet animal. Me concernant, les gens mauvais jugeaient l'expression particulièrement opportune, mais pour une fois les femmes de mon époque avaient matière à m'envier mes poils : j'étais naturellement blonde et n'avais nul besoin de cheveux postiches et d'arcelets en fil d'archal afin d'obtenir les volumes nécessaires à ma parure de tête, où il y a de l'or, des perles et des pierreries.

Il y en a aussi ailleurs : mon corps piqué est rehaussé d'une guirlande de fleurs d'or serties de perles, de rubis et d'une émeraude presque noire ;

ma croix pectorale en or est incrustée d'émeraudes et pleure trois grosses perles en poire sur le velours de soie. Oui, ma robe est en velours de soie, mes manches sont en satin, et alors ? Des édits somptuaires réservaient les étoffes les plus précieuses aux souveraines, princesses, dames et damoiselles, mais du simple drap sur ma personne n'aurait-il pas terni des bijoux dignes d'une fille de sang royal ?

Mon père ne se disait-il pas de la meilleure noblesse, quelle qu'ait été sa véritable terre natale, et Henri II n'était-il pas comme un père pour lui ? N'ai-je pas été remarquée par la veuve de ce roi de France, Catherine de Médicis, mère des trois suivants ? Et l'illustre Ambroise Paré, chirurgien ordinaire d'Henri II et de François II, puis premier chirurgien de Charles IX et d'Henri III, n'a-t-il pas veillé sur ma santé avec plus de tendresse que de curiosité ?

Un certain jour de mon enfance, c'est lui qui a cru bien faire en me montrant un bézoard. Il en résulterait de terribles conséquences, mais le cher homme qui savait tant de choses ne pouvait pas savoir cela au moment où commence cette histoire.

À L'HÔTEL DES TROIS MORES

J'ENTENDS encore maître Paré me demander :

— Où es-tu, petit monstre ?

Je ne réponds pas.

En ce mois d'août 1580 à Paris, je vais avoir huit ans, l'âge éternel de mon image bientôt conçue, et lui soixante-dix. Comme il ne m'a pas vue en entrant dans son cabinet, il espère que je m'y trouve cachée à l'endroit habituel et veut s'assurer que je ne suis pas sortie de son logis en cette période de grand danger.

— Oublie ta désillusion d'aujourd'hui et viens regarder l'étrange pierre qu'est le bézoard.

Je reste silencieuse.

— Petit monstre ?

Longtemps après mes huit ans il me nommera ainsi ; toutefois, je n'existe pas dans ses considérations sur les 'monstres tant terrestres que marins, avec leurs portraits*'. Il les a certes rédigées un peu

* Les mots et passages encadrés de guillemets simples sont réellement d'Ambroise Paré. À de rares exceptions près, ils sont tirés de la deuxième édition des *Œuvres* [1579]. *(N.d.A.)*

avant ma naissance, mais le massacre des protestants a mis son imprimeur en fuite. Il aurait donc eu le loisir de m'adjoindre à son catalogue de créatures fabuleuses. Il ne l'a pas fait ni n'a mentionné mon père, puis il nous a ignorés dans la compilation de ses écrits tous en français, la seule langue qu'il sache.

Tandis qu'il continue de m'appeler doucement, je suis tapie dans un angle de l'étude, les doigts crispés sur un volume aussi lourd que la Bible. Il est mon unique jouet et j'en sais la page de titre par cœur : *Les Œuvres d'Ambroise Paré, conseiller et premier chirurgien du roi. Divisées en vingt-sept livres, avec les figures et portraits tant de l'anatomie que des instruments de chirurgie et de plusieurs monstres. Revus et augmentés par l'auteur pour la seconde édition. À Paris, chez Gabriel Buon. 1579. Avec privilège du roi.*

L'exemplaire ne quitte jamais la pièce en désordre. Néanmoins, il y change constamment de place, ce qui ne m'empêche pas de le récupérer dès que je m'installe ici. Je ne me sens nullement perdue en ce lieu rempli de science et de curiosités. Par contre, je chemine difficilement dans le très gros ouvrage, où des caractères minuscules pullulent sur treize cents feuillets : les matières si diverses dont il est question me sont encore péniblement accessibles sous toutes ces lettres agglutinées.

Mon apprentissage de la lecture n'étant pas assez avancé à l'arrivée de cette deuxième version des

Œuvres, j'en ai patiemment examiné les trois cent soixante et une illustrations : beaucoup parmi les nouvelles reproduisaient des monstres mais j'étais absente une fois de plus. Je me suis consolée en pensant découvrir des commentaires sur moi lorsque je pourrais dévorer des chapitres entiers. Avant même d'en faire l'effort, j'ai su par ma mère que je n'avais pas été incluse dans les additions, alors que mon père l'avait priée de me taire la vérité. Sa méchanceté à elle a toujours contrecarré sa bienveillance à lui.

À présent que je lis à peu près, c'est mon orgueil blessé qui m'aveugle : je mets de la mauvaise volonté à comprendre les démonstrations d'un parfait connaisseur de la machine humaine qui persiste à ne rien noter à mon sujet.

— Allez, sors de ton repaire ! me commande-t-il gaiement.

Ambroise feint la bonne humeur quand ça va mal, comme ces temps-ci.

Il me devine derrière une armature de bois. Elle maintient debout le personnage embaumé que par jeu nous avons baptisé "Notre Ami". À lui au moins maître Paré concédera dans un prochain livre un passage dont je retiendrai des bribes :

'Je puis dire avoir un corps en ma maison, lequel me fut donné... après avoir été exécuté par justice... et levai presque tous les muscles du corps de la partie dextre afin que, lors que je veux faire quelques incisions à quelque malade, voyant les parties de récente mémoire, je sois plus assuré en mes œuvres... Pour lequel mieux conserver, je le piquai d'un poinçon en plusieurs endroits afin que la liqueur pénétrât au profond des muscles...'

Cet embaumé qui a la vie dure est un témoin de choix contre les insinuations de ceux qui jugent le chirurgien de quatre rois incapable d'immortaliser les cadavres. Pour éviter la putréfaction, leur rétorque ce dernier, les défunts devraient être 'trempés et salés soixante et dix jours, comme les anciens faisaient, dedans le vinaigre et choses aromatiques', et pas seulement 'vidés et lavés d'eau de vie et de vinaigre'.

Moi, plus tard, serai-je embaumée ou empaillée ?

Si j'étais morte enfant, j'aurais souhaité qu'on me fige, embaumée ou empaillée, sur la vertèbre démesurée qui me sert souvent de siège au centre du cabinet. Elle provient d'une baleine, qu'Ambroise Paré décrit comme 'le plus grand monstre poisson qui se trouve en la mer'. En 1565, pendant la longue pérégrination de la cour, il est allé soigner un prince dans le village de Biarritz. Là, il a rencontré les pêcheurs téméraires qui depuis des tours de guet repèrent ces géants marins, et j'ai bien en tête la gravure qui reconstitue dans ses *Œuvres* la façon de découper l'animal vaincu.

Beaucoup plus qu'un souvenir de voyage, l'os qu'il a ramené de si loin réveille sa respectueuse affection pour feu Charles IX, adolescent fragile envers lequel il avait redoublé de vigilance durant leur déambulation de vingt-sept mois dans le royaume.

Il faisait mieux que servir le roi de France : il l'aimait, lui montrait instruments et membres artificiels de son invention, lui narrait ses aventures aux armées, tragiques ou burlesques, et comment il secourait avec un même zèle les plus nobles seigneurs et les plus simples soldats. En captant l'attention du garçon il l'obligeait à rester tranquille après des parties de chasse ou de paume enragées, il tentait d'établir la paix dans cette tête qui avait été couronnée trop jeune et que le tumulte sanglant de la guerre civile avait vieillie trop tôt.

Maître Paré n'a pu retenir Charles ici-bas plus de vingt-quatre ans ni l'embaumer avec les maigres moyens autorisés. Il a dû accepter qu'on enferme sa dépouille dans un cercueil de plomb au bout de quelques jours de décomposition ; mais les joies que tous deux avaient partagées, il les a gardées intactes au fond du cœur.

Cette loyauté presque paternelle devenue douloureuse nostalgie, il en parle fréquemment quand je suis assise sur la vertèbre de baleine ; devant les visiteurs, en revanche, il se contente pudiquement de présenter l'os comme une 'chose monstrueuse' parmi d'autres réunies chez lui, embaumées, empaillées ou conservées par de mystérieux procédés.

Habitent ici des enfants qui n'ont pas survécu à leur naissance : un à deux têtes, deux bras et quatre jambes, surgi à six mois de grossesse, et des jumeaux de Tours, avec une tête unique et deux corps enlacés. Des bêtes aussi : un caméléon, un poisson qui savait voler et un oiseau qui ne savait pas. Le squelette de celui-ci est un cadeau de Charles IX, qui possédait trois de ces autruches.

Aux créatures s'ajoutent notamment : la corne d'un genre de licorne marine 'ayant cinquante et une dents aiguës et tranchantes' ; une artère ossifiée, si dilatée qu'on pourrait y 'mettre le poing' et prélevée sur un certain Belanger, tailleur du pont Saint-Michel mort 'promptement en jouant à la paume parce que ledit vaisseau se creva' ; une matrice de plus de neuf livres contenant une môle, 'chair sans forme' qu'a portée tel un fœtus mais pendant dix-sept ans l'épouse du potier d'étain Guillaume Roger, voisin de mes parents rue Saint-Victor.

Suis-je un élément de la collection d'Ambroise Paré, bien que je n'aie pas la chance d'apparaître sous sa plume comme Notre Ami l'embaumé ou l'ignoble môle ? Je me flatterais alors d'être en ses murs la seule chose monstrueuse encore en vie. Et si le fait que je sois en vie dans sa demeure justifiait que je ne puisse exister parallèlement dans ses ouvrages ?

— Cesse de bouder, petit monstre, et approche !

Maître Paré marque une pause, peut-être avec l'espoir que je vais me lever et m'asseoir sur l'os de baleine.

Lorsqu'il arrête de m'adresser la parole, ça ne signifie pas que je lui suis soudain étrangère et qu'il est entré en lui-même : il y était déjà. Son cabinet de travail, c'est lui. Au fouillis de la pièce répond l'ordonnancement de son intelligence ; chaque mot écrit ou lu ici, chaque objet qu'on croit perdu au milieu de tant d'autres est parfaitement rangé dans sa tête, où l'objet vivant que je suis occupe aussi une place. Dès que le vieux chirurgien se tait, il peut donc continuer à discuter avec moi en son for intérieur.

Ses connaissances, il les a puisées au-dehors, c'est-à-dire à l'Hôtel-Dieu, au domicile de ses patients, à la cour et à la guerre, faisant des allers-retours entre le chevet des rois et celui des plus humbles de leurs sujets ; mais l'expérience accumulée, il la distille dans son antre parisien, qui est la contraction de son esprit de la même manière que l'être humain est le monde en réduction. Entre cet espace clos et la pensée immensurable du maître des lieux, il y a un jeu de correspondances et d'analogies comme il y en a entre le microcosme, qui est l'homme, et le macrocosme, qui est l'univers.

Me sachant très précoce en comparaison du commun des enfants et ne s'en ébahissant pas moins que des cheveux qui me poussent sur le visage, le dos des mains et ailleurs, Ambroise Paré m'a exposé l'autre jour que 'l'homme porte le titre de petit monde', et il m'a répété ce qu'il a publié là-dessus :

— 'Tout ainsi qu'au monde se fait des vents, tonnerres, tremblements de terre, pluies, inondations d'eaux, stérilité et fertilité, pierres, montagnes, fruits et plusieurs et diverses espèces d'animaux, aussi se fait-il au petit monde, qui est le corps humain.'

Des vents se font chez les 'femmes auxquelles on voit le ventre bruire de telle sorte qu'il semble y avoir une grenouillère, lesquels, sortant par le siège, rendent bruits comme coups de canonnades. Et encore que la pièce soit braquée vers la terre, néanmoins toujours la fumée du canon donne contre le nez du canonnier et de ceux qui sont proches de lui'.

J'ai ri chaque fois que j'ai relu ces lignes, à tout âge et même aux pires heures de mon existence.

— 'Exemple des pierres : on les voit à ceux auxquels on en extrait de la vessie et autres parties du corps.'

D'autres parties du corps comme les tripes ? Les miennes ne sont pas balayées par des vents mais alourdies par le bézoard de la peur, et cette pierre-là est impossible à extraire. On y arriverait probablement si elle se trouvait dans mon utérus.

— 'Il se fait pareillement en la matrice des femmes beaucoup de formes d'animaux', m'a aussi déclaré maître Paré.

Et de me dévoiler avec force grimaces que des Italiennes procréent des harpies parce qu'elles préfèrent 'manger fruits, herbages et autres choses de mauvais suc, qui engendrent de tels animaux par putréfaction, que manger viandes de bonne nourriture', et ce, dans le seul but d''épargner' pour être 'bien accoutrées'.

L'habillement sur mon portrait n'a été payé ni par mes parents ni par Ambroise Paré. La personne qui l'a commandé n'a pas eu à se priver de nourriture, quoique couverte de dettes et originaire de cette Italie où des humains produisent en eux des bêtes.

— 'Monsieur Joubert écrit de deux Italiennes, ai-je entendu encore de la bouche du chirurgien. L'une, femme d'un fripier, et l'autre, damoiselle, dans un même mois accouchèrent chacune d'un part monstrueux.'

— Un part ? me suis-je étonnée. J'ignore ce que c'est !

— L'enfant qui vient de naître, m'a-t-il répondu. Enfin… pas toujours un véritable enfant…

Et après un silence il s'est expliqué :

— 'Celui de la fripière était petit, ressemblant à un rat sans queue, l'autre de la damoiselle était gros comme un chat. Ils étaient de couleur noire, et au partir de leurs matrices tels monstres grimpèrent en haut contre la paroi de la ruelle du lit et s'y attachèrent fermement.'

Laurent Joubert est certes un fameux docteur en médecine, mais j'ai été surprise que maître Paré ait émis cet incroyable témoignage et qu'il y prête foi, lui si adroit à séparer le vrai du merveilleux et à confondre les imposteurs.

Ainsi se plaît-il à relater qu'en 1561 il a examiné à Paris 'une grosse garce fessue'. Elle 's'en allait par les bonnes maisons des dames et damoiselles, leur demandant l'aumône, disant qu'elle avait un serpent dans le ventre qui lui était entré, étant endormie en une chènevière, et leur faisait mettre la main sus son ventre pour leur faire sentir le mouvement du serpent qui la rongeait'. Ambroise a introduit un spéculum dans son utérus 'pour savoir si on pourrait apercevoir queue ou tête de cette bête ; mais il ne fut rien aperçu, excepté un mouvement volontaire que faisait ladite garce par le moyen des muscles de l'épigastre'.

S'égaie-t-il autant lorsqu'il rapporte des naissances d'animaux conçus par des femmes, ou d'autres récits prodigieux dont il sait le public friand et auxquels il ne croit peut-être que mollement ? Il a besoin de se divertir comme tout le monde, et même plus, car il est confronté en permanence aux souffrances trop réelles de l'humanité.

Je ne dois pas me laisser déborder par les citations, mais elles animent ma mort mieux que les souvenirs de ma vie et je ne me lasse pas de celles d'Ambroise Paré.

Il riposte régulièrement 'aux calomnies d'aucuns médecins et chirurgiens touchant ses œuvres' ; et quand on lui reproche de les peupler de monstres imaginaires, il invoque les auteurs à qui il a emprunté nombre de ces créatures. Il soutient en rencontrer hors des livres aussi, car 'davantage n'est-il pas permis de les voir en chair et en os tous les jours en cette ville de Paris et ailleurs' ? Il a observé en effet devant la porte de l'église Saint-André-des-Arcs, à quelques pas de chez lui, un enfant de neuf ans sans jambes, avec deux doigts seulement au bout d'un bras droit informe, une ébauche de pied sur la fesse droite et comme deux doigts sur la fesse gauche, à cause du 'défaut de la quantité de la semence' lors de la conception.

À Paris encore, dans son propre logis, dans son cabinet, maître Paré héberge un monstre beaucoup plus facile à décrire que ce pauvre garçon : c'est la fille de Pedro Gonzalès, c'est moi, et pourtant il refuse de me présenter à ses lecteurs. Peut-être serais-je devenue plus intéressante à ses yeux si l'autre fois j'avais abordé le problème de ma pierre de ventre, osant interrompre sa leçon sur l'être humain, 'petit portrait du grand monde accourci' ; mais je suis restée muette et il a pu égrener paisiblement les preuves que l'homme est l'image du monde, lequel est l'image de Dieu, si bien que l'homme a été créé à l'image de Dieu.

Et moi, à l'image de qui ai-je été créée ? De Dieu, je ne sais pas ; de mon père, oui, n'en déplaise à ma mère : je ressemble à don Pedro par mon goût pour l'instruction plus que par ma pilosité. Il m'enseigne le latin avec passion et nous avons travaillé dur, ces dernières semaines, en prévision du beau jour que devait être aujourd'hui, et qu'il ne sera pas du fait des circonstances.

— Montre-toi à moi, reprend Ambroise Paré, faute de pouvoir te montrer tout à l'heure devant la cour.

— Mais Henri troisième le voulait ! Il avait choisi le thème de mon discours en latin !

— Tu oublies que ce discours n'a pas été rédigé pour toi et qu'il a déjà été prononcé au Louvre par une autre enfant.

— Une princesse ! Non… Une reine !

— Oui, Marie d'Écosse.

— Elle a aussi été reine de France.

— Et de qui était-elle l'épouse ?

— De François.

— François premier ?

— Non ! François deuxième, son petit-fils !

— Qui a régné combien de temps ?

— Un an et demi !

— Et qui avait pour père ?

— Henri deuxième ! Mon père à moi m'apprend l'histoire de nos rois.

— Et t'a-t-il appris que cette double reine est maintenant prisonnière d'une autre reine, celle d'Angleterre ?

— Non ! Non !

— Ne te mets pas en colère : tu es très savante pour ton âge, mais don Pedro ne t'a pas encore instruite en tout.

— Il m'a raconté que Marie d'Écosse était arrivée à la cour après lui.

— Plusieurs mois après... Elle n'avait pas six ans.

— Il a joué avec elle et le dauphin François.

— Non, ce sont eux qui s'amusaient avec lui comme avec un animal doué de parole. Pedro avait quelques années de plus que la reine dauphine : ils n'auraient pu partager longtemps des jeux enfantins.

— Justement ! Henri deuxième avait demandé à mon père de parler latin avec Marie.

— Non, elle n'avait pas besoin de ton père pour posséder ce jargon. Ses maîtres y suffisaient.

— Il savait le latin mieux qu'eux !

— Ne va pas imaginer que don Pedro est l'auteur de ce que la fillette a récité il y a vingt-cinq ans devant la cour et que tu devais réciter aujourd'hui chez le roi !

— J'ai vu mon père sortir ces mots du coffret où sont rangés des papiers pliés, puis il les a recopiés avec de grosses lettres pour m'aider à les répéter.

— Cette apologie a été écrite par la petite reine d'Écosse, sans doute secondée ou corrigée par ses oncles maternels. Elle est Guise par sa mère, et donc cousine germaine du présent duc de Guise.

— Oui… Oui… Et lui aussi m'aurait écoutée !

— En te distinguant pour succéder dans cet exercice à la royale cousine de ce duc, je crains que le roi notre sire n'en ait profité pour railler un adversaire trop aimé des catholiques. Mais de toi il n'avait pas l'intention de se moquer. Il aurait simplement joint la satisfaction de contrarier Guise au plaisir qu'il attendait de ta harangue. Je lui ai vanté ta sagacité, qu'il voulait jauger autrement qu'à la longueur de tes poils. Il souffre comme toi de passer pour ce qu'il peut donner l'apparence d'être et qu'il n'est pas. J'aurais préféré cependant qu'il te convie dans son académie du palais, où il philosophe avec des membres de la noblesse de sang et de la noblesse des lettres, hommes et dames. Celles-ci auraient apprécié que tu déclames le plaidoyer de la reine Marie en faveur de l'accès des femmes aux arts libéraux.

— Je connais les sept noms des arts libéraux, en latin pour le roi et en français pour vous.

— Et quels sont ces arts de l'intelligence ?

— La grammaire, la rhétorique, la dialectique, l'arithmétique, la géométrie, l'astronomie et la musique.

(Ai-je vraiment huit ans pour les énumérer ainsi ? Sommes-nous bien en 1580 ?)

— Tu n'en oublies aucun ?

— Non !

— En es-tu sûre ?

— Oui !

— Et la peinture, la sculpture, l'architecture ?

— Quoi ?

— Les Italiens ne les mettent plus au nombre des arts mécaniques.

— Moi je ne compte que sept noms.

— Ajoute la chirurgie pour l'amour de moi ! Je t'assure qu'avec un malade ou un blessé je me sers plus de ma tête que de mes mains !

— Mon père affirme que le roi et le duc de Guise vous admirent. Comment peuvent-ils se détester puisqu'ils sont d'accord pour boire votre ambroisie ?

— On me fait honneur à la cour en désignant de la sorte cette potion que je substitue à beaucoup de médications. Les puissants se félicitent de "vivre d'ambroisie", mais elle n'apaise pas les haines et les ambitions qui les font s'entretuer. Henri troisième et Henri de Guise étaient bons camarades en leur prime jeunesse ; malheureusement, je ne saurais les raccommoder comme je raccommode les corps.

— Si j'étais allée au Louvre, j'aurais supplié les deux Henri d'être amis autant qu'ils le sont avec vous !

— Du roi je suis le premier chirurgien, et ma fille Anne a pour marraine la mère du duc de Guise. Voilà tout ! N'entrons pas dans les discordes d'État ou de religion, laquelle est cause actuellement de la septième guerre civile en moins de vingt ans. Tu es fort jeune pour y entendre quelque chose et je suis fort vieux pour périr par le bâton à feu, l'épée ou le poison. Dieu n'usera pas de cela pour me rappeler à Lui quand Il jugera que j'ai ramené trop de mourants à la vie. Je dis toujours que je panse les gens et que Notre-Seigneur les guérit. En les voulant panser dignement, ai-je enfreint Ses desseins et péché par orgueil ? Il m'a puni en me reprenant cinq enfants. Mes conseils aux matrones et aux nourrices pour maintenir en vie les enfants des autres n'ont pas préservé les miens, qui vagissaient au berceau ou gazouillaient déjà dans la cour tels les passereaux ayant élu domicile en mes pots de terre. Ma recette de bouillie à base de farine préalablement cuite ne m'a pas procuré d'antidote pour garder François, Madeleine et Isaac. Ils ont été rejoints par leur mère, Jeanne, que le Ciel m'a prêtée durant trente-deux ans. Jacqueline, qui l'a remplacée dans ma couche il y a six ans, a vu trépasser notre Ambroise et notre Marie. Ces deux-là auront vécu plus longtemps dans son ventre qu'à l'extérieur ! On a ricané de ce que sitôt décédée ma vieille Jeanne j'ai épousé à soixante-trois ans les dix-huit ans de Jacqueline et persisté à engendrer, mais n'ai-je pas expliqué de quelle façon, chez les humains comme chez les animaux, 'l'usage des parties génératives est accompagné d'un très grand plaisir' ?

(À l'époque, les adultes plaisantent de ces sujets par le geste ou la parole devant des enfants qui, pensent-ils, n'en sont pas troublés. Sauf que je vaux mieux qu'une enfant pour maître Paré.)

— As-tu emporté dans ton terrier la deuxième édition de mes *Œuvres*, comme à ton habitude ? poursuit-il.

— Oui.

— Rends-la-moi !

— Non !

— Essaie alors de déchiffrer à haute voix le début de mon 'Vingt-Troisième Livre traitant de la génération de l'homme, recueilli des Anciens et Modernes'.

— Non !

— As-tu peur de ne pas y réussir ?

— J'ai peur, mais pas de ça.

— Tu me lis donc à ton aise ?

— Les titres de vos chapitres, oui, avec leurs lettres penchées comme celles que mon père m'a appris à tracer. Je peine encore avec les autres lettres, droites et serrées. Peut-être aussi que les phrases qu'elles forment sont plus compliquées que les phrases que vous me dites d'ordinaire.

— As-tu peur de ne pas comprendre ce que tu liras ?

Si je lui répondais depuis mon portrait, celui d'une morte ayant irrévocablement huit ans, je lui avouerais avoir eu peur toute ma vie ; mais dans la scène censée se dérouler chez lui en 1580, je viens en principe d'avoir cet âge et réplique :

— Non ! Je sais que pour faire pousser des enfants on emploie des semences, comme au potager.

— Par suite de diverses dispositions et postures, la semence du mâle se mélange en effet à celle de la femelle, et selon que les semences respectives sont abondantes ou pauvres, chaudes ou froides, sèches ou humides, bien ou mal complexionnées, il naîtra un humain particulier.

— Ou un monstre ?

— Je n'étudie pas les monstres dans le livre sur la génération.

— Vous les étudiez dans le suivant, où sont tant de figures étranges… et aucune de moi !

— Pourquoi y en aurait-il une de toi dans mes *Œuvres* ? Ces gravures m'ont coûté cher, sans que leur prix garantisse la finesse du trait. Tu ne gagnerais rien à être imparfaitement multipliée en des volumes imprimés, d'autant que certaines de ces créatures frappent tellement la vue qu'au milieu d'elles tu risquerais de passer inaperçue. N'aimerais-tu pas plutôt qu'un peintre fasse de toi une portraiture en couleurs qui resterait unique ?

— Oh ! oui.

— Ton père y consentira.

— Ma mère refusera.

— Nous la convaincrons.

— Elle l'aurait voulu pour ma sœur qui est morte. Sur moi elle ne veut rien de beau.

— Tu pourras poser petitement habillée : l'artiste te transformera en princesse. La vie des portraits n'est pas la vie courante.

— Sur ceux que m'a montrés mon père, les gens ont l'air triste.

— Ils ne peuvent s'empêcher de regarder le temps s'écouler au-dehors.

— Que regarderai-je au-dehors, moi, une fois peinte ?

— Ce cabinet, où je t'appendrai.

— Mais si vous m'accrochez au mur, vous n'aurez plus besoin que je vienne ici ?

— Tu continueras d'y venir à ta guise ; et quand tu t'y cacheras en ma présence, au moins causerai-je avec ton image au lieu de radoter sans personne devant moi comme si ma raison s'était usée.

— Vous ne pourrez causer longtemps en me voyant sur le mur : je vais grandir, pas l'image.

— En grandissant, tu ne pourras plus te nicher derrière Notre Ami et tu devras renoncer à t'asseoir sur la vertèbre de baleine. Tu t'installeras en face de moi pour me faire la lecture si Dieu m'enlève la vision avant de m'enlever la vie.

— Je le ferai.

— Commençons dès maintenant ! Lis-moi un peu de mes écrits sur la manière de faire génération, puis tu découvriras ce qu'est un bézoard... et ce qu'il n'est pas. Nous changerons de thème sans en changer tout à fait, puisque cet objet se fabrique dans le ventre de certains animaux.

— S'il arrive qu'une pierre apparaisse dans un ventre et si l'on peut produire une chose très différente de soi, je ne suis plus surprise d'être sortie telle que je suis du ventre de ma mère telle qu'elle est.

— Tu n'as pas à savoir aujourd'hui comment tu es née mais pourquoi je m'obstine à procréer. Tu devais réciter du latin chez le roi ? Eh bien, tu liras du français chez moi !

— Non !

— À ta convenance. Je ne te confisquerai pas la deuxième édition de mes *Œuvres*. Ce que tu y aurais trouvé était consigné presque mot pour mot dans la première édition, là sur ma table.

Ambroise, que j'ai chéri comme un aïeul dans le secret de nos tête-à-tête, se met à lire Paré, qui est passé à la postérité avec le titre de "père de la chirurgie moderne". La langue intemporelle de nos conversations recomposées par ma mémoire se transmue en style vertigineux et chamarré d'un auteur du XVIe siècle :

— 'Chapitre premier. Pourquoi les parties génératives sont accompagnées d'un grand plaisir', disais-je... 'Nature a voulu que les animaux fussent aiguillonnés d'une ardeur et envie de se coupler ensemble...'

— Maître Paré, suis-je un animal ?

Il tourne une page sans me répondre et se racle la gorge.

— 'Chapitre trois. Pourquoi les femelles des bêtes brutes, après être empreintes, ne désirent plus de s'accoupler aux mâles. C'est qu'elles s'adressent seulement à ce qui s'offre, et qui est de présent en leur chaleur et rut, n'ayant aucune recordation du plaisir après être empreintes, même abhorrent le coït après la conception, parce que leur imagination ne leur est donnée de nature que pour leur espèce et non pour volonté et délectation.'

Il se tait et je le questionne encore :

— Qu'est-ce que le coït ? Et moi, suis-je une bête brute ?

Mais déjà il reprend :

— 'Le contraire est aux femmes, car elles désirent pour la délectation et non seulement pour l'espèce.'

— Puis-je devenir une femme par cette sorte de délectation ?

Il lève la tête.

— Assurément !

— Et ma mère ? Est-elle une femme ? Elle semble répugner à toute délectation et n'en exprime pas devant moi.

— Elle est la femme à qui tu dois la vie et qui vient de voir mourir son autre fille.

— Elle aurait préféré que je meure à sa place.

— Il y a chaque jour des enfants qui meurent, et pas qu'à Paris en cette horrible année. Tu comprends pourquoi j'engendre sans relâche ?

— Afin que les vivants remplacent les morts.

— Et qu'au bout du compte les vivants soient plus nombreux que les morts. Dieu a fixé deux lois : Il nous inflige une atroce douleur en nous retirant nos petits, mais je viens de te dire qu'Il nous octroyait en échange un immense plaisir lorsque nous concevons. Le vieillard que je suis se résigne mal à obéir à la première règle, se considérant plus en âge de périr que sa descendance, mais il n'a nulle intention de déroger à la seconde, laquelle, je le répète, bénéficie aux humains comme aux bêtes.

— Vous m'annoncez qu'une certaine délectation fera de moi une femme. Si vous aussi l'éprouvez en imitant les bêtes, elle fera de vous une bête ! Je deviendrai donc une femme malgré tous ces poils sur mon corps et mon visage, alors que vous qui n'avez qu'une barbe et des cheveux deviendrez une bête ?

Pris de court, il farfouille parmi ses paroles imprimées :

— Voilà ce qu'on lit dans Paré : 'Nature, s'exerçant volontiers en telle voluptueuse titillation, fait que chaque espèce est conservée, et de plus augmentée.'

Je ne désarme pas :

— Savez-vous de quelle espèce je suis ? Celle de mon père ou celle de ma mère ?

— Tu es la fille de Pedro Gonzalès et de Catherine Raffelin.

— Et mon père, qui est-il ? Il refuse de me parler de ses parents.

— Il ne m'en parle pas non plus mais soutient qu'il est né gentilhomme.

— Cela signifie qu'il est vraiment homme ?

— Que d'autre veux-tu qu'il soit ?

— Peut-on être moitié homme et moitié animal ?

— Oui, si un humain offense Dieu et outrage la nature en s'accouplant à une bête brute. Du mélange de leurs semences naîtra un monstre abject.

— Et quand à son tour le monstre s'accouplera, connaîtra-t-il doublement votre voluptueuse titillation parce qu'il est à la fois un humain et une bête ?

(Que j'aie ou non huit ans dans ce dialogue, je ne saurais décrire au célèbre Ambroise Paré ma peur doublement perpétuelle d'être humain et de bête.)

— Ce genre de monstres ne vit pas assez longtemps pour copuler…, élude-t-il.

Lui qui vit depuis si longtemps, n'outrage-t-il pas la nature, à l'inverse de ses doctes arguments, en copulant à un âge monstrueux avec une épouse de quarante-cinq ans sa cadette ? Elle n'est pas la seule jeune femme sous son toit : Catherine, unique survivante de la géniture du premier lit, va avoir vingt ans et s'unira bientôt au frère de sa marâtre. Dans une construction mitoyenne accessible par la place du pont Saint-Michel habitent Jeanne, vingt-six ans, et son mari chirurgien. Maître Paré a fait don des murs à cette très chère nièce orpheline, et pour que l'endroit soit plus agréable il a accepté qu'elle perce des ouvertures à l'arrière, avec vue sur la maison de la Vache.

Il a vécu dans celle-ci, rue de l'Hirondelle, puis il a acheté la demeure contiguë, où nous sommes en son étude. Elle est à l'enseigne des Trois Mores et a l'avantage de posséder une cour sur le quai des Augustins. Afin de rendre les lieux dignes d'un propriétaire qui soigne des rois, il en a déplacé l'entrée principale de ce côté-là. Les Trois Mores se sont retrouvés sur la rive, comme prêts à rembarquer pour leur lointaine patrie.

Aux trois logis sont accolés deux autres, occupés par divers parents. Les cinq forment un hameau familial près de l'église Saint-André-des-Arcs, où les petits Paré sont toujours baptisés et souvent inhumés rapidement. Une Jacqueline est venue au monde l'automne dernier et se hâtera de disparaître. Une Catherine y viendra l'année prochaine et n'en repartira pas de sitôt, à l'exemple de sa demi-sœur homonyme et d'Anne, première-née du second mariage. Ambroise, dixième et ultime rejeton, lui aussi porté sur les fonts baptismaux de Saint-André-des-Arcs, n'aura pas le temps d'apprendre à marcher avant d'y revenir pour être avalé par le dallage.

Ainsi donc, trois filles survivront à leur père. Plus moi. Quant aux sept bambins morts d'enfance comme on meurt de vieillesse, j'ignore si plantés en terre sous l'église ils auront crû encore un peu tels les ongles de Notre Ami l'embaumé, qu'Ambroise Paré certifie avoir coupés à plusieurs reprises. Mais je sais une chose : chez lui on ne meurt pas de la peste, maintenant qu'elle règne en ville. Jadis elle l'a saisi sans réussir à l'entraîner, malgré un abcès sous l'aisselle et un bubon au ventre, et les personnes qui vivent avec lui semblent profiter de ce que définitivement épargné il la tient à distance.

Cette vieille et fidèle ennemie, il l'a côtoyée à l'hôtel-Dieu de Paris durant ses années d'apprentissage, à Metz quand elle s'est alliée aux Français assiégés en décimant les soldats de Charles Quint, puis à Lyon et ailleurs pendant le voyage de la cour à travers le royaume. Catherine de Médicis, notre reine mère, lui a demandé alors un *Traité de la peste.* Il a été inséré dans les *Œuvres* mais vient d'être remis sous la presse en urgence.

L'auteur de ce livre plein de compassion et de bon sens s'est rendu aux faubourgs Saint-Victor et Saint-Marcel avec le doyen de la faculté de médecine et un architecte afin de déterminer où cantonner et médicamenter les malades hors de l'Hôtel-Dieu. On avait dressé des tentes près du gibet de Montfaucon, ce qui avait l'inconvénient d'inciter les mourants à se croire justiciés par les hommes et non par Dieu. C'est finalement vers Grenelle et sa jolie campagne qu'on a décidé de leur monter des abris de fortune.

Ah ! Si tous ces malheureux pouvaient goûter l'air pur que retient la cour de maître Paré ! Sa belle femme ne craint pas de s'y attarder en ce moment avec leur fillette. Le chirurgien ouvre la fenêtre et contemple ses deux Jacqueline. Il a dû besogner encore et encore pour jouir de cette scène. Il a dû, oui, car ses 'ardeur et envie' d'animal ne lui font pas oublier l'effort. À trop vouloir donner la vie il épuise la sienne, mais à se ménager il savoure un autre plaisir chaque fois qu'il relit son chapitre sur 'la manière d'habiter et faire génération'.

Ce texte auquel font écho dehors les gloussements de deux êtres aimés, il s'en régale à présent dans la première version de ses *Œuvres*, et sa mémoire nullement menacée d'impuissance lui restitue les ajouts de la deuxième édition au cours d'une lecture silencieuse.

'L'homme, étant couché avec sa compagne et épouse, la doit mignarder, *chatouiller*, caresser et émouvoir, s'il trouvait qu'elle fût dure à l'éperon...'

Sa compagne et épouse est-elle devenue dure à un éperon qui ne l'est plus suffisamment ?

'... aussi en maniant les parties génitales *et petits mamelons*, afin qu'elle soit aiguillonnée et titillée, tant qu'elle soit éprise des désirs du mâle...'

Il est satisfait d'avoir remplacé ensuite 'et que l'eau lui en vienne à la bouche' par 'qui est lors que sa matrice lui frétille'.

'... afin qu'elle prenne volonté et appétit d'habiter et faire une petite créature de Dieu, et que les deux semences se puissent rencontrer ensemble...'

Jacqueline mère lâche un cri d'émerveillement : la petite créature de Dieu se tient debout toute seule !

'Et lors qu'elle sentira être aiguillonnée et émue, le dira à son mari, adonc se joindront ensemble et accompliront leur jeu doucement, attendant l'un l'autre, faisant plaisir à son compagnon...'

J'ai reçu ces recommandations trop tôt pour les mettre en pratique, et avec incrédulité à l'idée que mes parents puissent s'y conformer. Je les ai relues la veille de mes noces, le lendemain aussi.

'Et quand les deux semences seront jetées, l'homme ne doit promptement se déjoindre, afin que l'air n'entre en la matrice et n'altère les semences, et qu'elles se mixtionnent mieux l'une avec l'autre ; et subit que l'homme sera descendu, la femme se doit tenir coi...'

La femme ne doit plus se tenir coi, aurais-je revendiqué en latin devant Sa Majesté : elle n'est pas moins douée pour les arts libéraux que l'homme !

'Il faut qu'elle ne parle, ne tousse ni éternue, et qu'elle dorme promptement après, s'il lui est possible.'

Ici se termine le chapitre dans les éditions de 1575 et 1579. Ambroise Paré reste sur sa faim en écoutant les rires monter de sa cour. Un épilogue manque à ses explications, mais ce qui en sera la dernière phrase pour l'édition de 1585 s'imprime déjà dans sa tête :

'Dieu a permis à ceux qui ne peuvent modérer leurs convoitises et qui sont dépourvus du don de continence le lit du mariage, afin qu'ils puissent se contenir dedans les bornes d'icelui et ne se point contaminer par une paillardise çà et là vagabonde.'

Dieu, toujours Dieu, partout, jusqu'au fond des couches conjugales, jusqu'au fond des utérus ! Alors Dieu a permis que poussent mes poils et je suis Sa créature, mais Il a permis en outre que ces poils fassent quelquefois de mon lit de mariage un lit de douleur.

— Aussi longtemps que le Seigneur me prêtera vie, s'exclame maître Paré à mon attention, je continuerai de donner des frères et des sœurs à feu mes fils et mes filles, François, Madeleine, Isaac, Ambroise, Marie !

— Moi je suis votre seconde Madeleine.

— Tu l'étais dans les faits en passant des heures et des heures ici. Dorénavant, tu l'es par la force des choses en ne pouvant retourner chez les tiens, relégués en leur domicile parce que ta sœur y est morte de la peste. Tu sais que le règlement qui t'empêche de les rejoindre ne vaut pas que pour toi ?

— Ma mère est plus implacable que les règlements. C'est elle qui m'interdit de revoir mon père et mon frère.

— Non. Ainsi que tes parents, beaucoup de Parisiens sont exilés chez eux la mort dans l'âme, quand ils ne l'ont pas dans le corps. Les officiers de santé qui guerroient contre la pestilence emmènent une partie des malades, signalent les habitations touchées au moyen de croix et en arborent une blanche sur leur casaque noire.

— Vous qui êtes si respecté auriez pu faire disparaître toute croix de la maison de mon père !

— On coupe le poing aux audacieux qui le font. On est plus sévère avec les engraisseurs. Quiconque en surprend a le droit de les exécuter sur-le-champ.

— Les engraisseurs ?

— Ils répandent volontairement l'infection par des emplâtres pesteux.

— Ce sont des voleurs ? Des assassins ?

— Des scélérats de vocation mais aussi des gens qui agissent par jalousie, vengeance ou cupidité. S'ils ne sont ni démasqués ni terrassés eux-mêmes par la pourriture qu'ils ont déposée, leur faute s'éteint avec l'épidémie. Bien des événements sont oubliés au lendemain d'une pareille tragédie. En cajolant les survivants, on oublie avoir abandonné les moribonds ; en redécouvrant les arts de l'intelligence, on oublie avoir renié un ami rendu fou par le spectre de la maladie au point de se tuer ; en se reconstituant une famille, on oublie avoir laissé accoucher seule et périr avec son nouveau-né une voisine suspectée de porter le germe du fléau en plus de son enfant.

— Ma mère m'a déjà oubliée. J'ai peur que mon père ne m'oublie bientôt si je reste chez vous.

— Tu as souvent peur ?

— Pas de mourir de la peste.

— Plusieurs de ses victimes sont recensées comme mortes de la peur qu'elle leur inspirait.

— Moi je suis morte de peur presque tout le temps et n'en meurs pas.

— As-tu peur ici ? En ma présence ?

— Oui, mais pas à cause de vous.

— Et en présence de ton père ?

— Pas durant les cours de latin.

— Il ne viendra pas t'en donner en mon hôtel.

— Vous n'avez pas le pouvoir de l'amener ?

— On autorise à sortir de chez eux par nécessité les citadins qui ont respiré l'air charogneux dans leur foyer sans succomber. Ils sont contraints de se munir d'un bâton blanc et sont tout autant redoutés que leurs proches malades ou défunts. Leurs malades, on les emporte comme s'ils venaient de trépasser puis on les séquestre avec plus d'espoir d'étouffer la contagion que de les médiciner. Leurs défunts, on les enlève précipitamment, sans remarquer qu'à certains corps inertes il peut demeurer un râle d'existence, et l'on condamne des personnes du même sang à la damnation anonyme dans le grouillement des fosses communes.

— La peste est donc moins cruelle que les hommes qui la combattent ?

— Ils ne sont pas cruels, ces hommes qui exercent scrupuleusement des fonctions périlleuses pour eux. Ils méritent les pensions que je requiers en leur nom ; pourtant, beaucoup finissent par ne plus voir des humains dans les pestiférés qu'ils confinent, regardent agoniser, jettent en terre et recouvrent de chaux, ni dans ceux qu'ils tentent de soigner. L'épidémie, ils la pourchassent à travers ses proies. Ils savent que ces morts qui pourrissent trop vite alimentent terriblement la vénénosité de l'air. Et ils savent ce que je t'ai fait lire hier, quand sont arrivés les nouveaux exemplaires de mon *Traité de la peste*.

— Que cette 'peste et autres maladies dangereuses sont témoignages de la fureur divine' ?

— Très bien, ma fille.

C'est la première fois qu'Ambroise Paré m'appelle ainsi : je suis devenue pour toujours sa petite créature de Dieu.

Mais suis-je si petite encore ? Depuis que nous discutons dans l'étude exiguë, lui assis à sa table et moi recroquevillée dans mon coin, j'ai l'impression d'avoir grandi d'un coup et d'être déjà la Madeleine de dix-huit ans qui se prépare à quitter la France.

— Après avoir appris vos mots 'fureur divine', dis-je en essayant de m'en tenir au langage d'une fillette de huit ans, j'ai eu peur de vous mettre plus en colère que ne l'est Dieu si je vous demandais une chose...

— Hier, tu étais assise sur l'os de baleine, là sous mes yeux. Aujourd'hui, tu te dissimules derrière Notre Ami. Lui qui fait le mort te défendra si ta question m'irrite. Au fond, je l'ai embaumé pour qu'il reste un peu vivant et qu'il soit utile à autrui !

Le rire d'Ambroise m'encourage à l'interroger :

— Puisque Dieu nous envoie la peste pour nous punir de nos péchés, n'est-ce pas aussi un péché que de vouloir lutter contre elle ?

— À t'entendre, il ne sert à rien que j'aide nos magistrats à choisir de bons médecins, chirurgiens et apothicaires ?

— Ma mère assure qu'au lieu de secourir les pestiférés ils les achèvent comme des chiens enragés, et vous-même n'avez pas sauvé ma sœur.

— Tout en lâchant sur nous la peste, Dieu nous accorde quelques remèdes contre elle, mais Il a le dernier mot. "Le Seigneur a donné la science aux hommes de l'art de médecine pour être glorifié en Ses merveilles", lit-on dans la sainte Bible.

Des merveilles ? Voilà ce que nous sommes, moi, Notre Ami et les monstres qui peuplent le cabinet, la Terre ou seulement les livres. Peu importe alors que nous soyons le fruit de l'ire de Dieu ou de Sa joyeuse invention !

Ce qui me retient de surgir fièrement au milieu de la pièce, c'est la honte de m'être cachée à maître Paré et non la crainte que ma mère vienne me chercher. Catherine Raffelin l'orgueilleuse s'y refuserait : en chemin, elle n'admettrait pas qu'on s'écarte sur son passage non plus par déférence mais à cause de son bâton blanc. Mon père, lui, courrait un risque, avec ou sans bâton, à se montrer en ces jours funèbres où ce qui semble bizarre est fustigé. Même sous un travestissement on pourrait flairer son pelage. De toute manière, il sait qu'ici je suis en sécurité sans que sa femme ait eu à le lui prétexter pour m'éloigner.

À l'heure qu'il est, abîmée dans sa bible, elle tâche de comprendre pourquoi la 'fureur divine' s'est portée sur sa deuxième fille et pas sur moi.

— Madeleine, as-tu besoin que je te répète cette phrase de l'Ecclésiaste sur les merveilles du Seigneur ? s'enquiert Ambroise Paré.

— Non.

— Souhaites-tu la recopier ?

— Non. La Bible est l'affaire de ma mère. Elle ne lit que cela, ne s'intéresse pas à vos *Œuvres* et vous en veut plus qu'à Dieu de la mort de ma sœur. Elle a dit que vous étiez plus habile à vous fabriquer des enfants qu'à réparer ceux des autres, et qu'à votre âge ce devrait être le contraire.

— Je suis certes très vieux, mais ne t'ai-je pas expliqué à quelle fin je m'opiniâtre à faire génération ?

— Il faut l'expliquer à ma mère ! Elle vous accuse de ne pas avoir pris le temps de redonner vie à sa fille !

— Comment aurais-je pu trouver ce temps que je ne possédais pas ? Certaines actions divines sont effroyablement soudaines pour nos lenteurs d'hommes. La petite est morte si vite !

— Je l'aimais, moi, cette petite, même si ma mère ne m'aime pas... Le temps l'a donc tuée !

— Il tue, oui, car il n'est que la durée de notre existence à chacun. J'ai qualifié la peste de 'détestable, abominable et traîtresse', cependant elle n'est coupable de rien : elle clôt tout bonnement le temps de vie de beaucoup d'humains, quel que soit leur âge.

— Vous savez allonger ce temps-là !

— Pas si Dieu en a décidé autrement. Il m'a laissé croire ta sœur guérie parce que son bubon à l'aine était rentré. En prenant congé, j'ignorais que je ne la reverrais plus. Elle a expiré subitement sans avoir présenté aucun signe nouveau de la maladie. C'est bien ce que tu m'as rapporté ?

— Oui. Elle était juste fatiguée de s'être remise à jouer.

— On peut rendre l'âme en pleine rue avant d'avoir su qu'on était envahi par la pestilence. J'en ai été le témoin à Lyon, quand la cour visitait le royaume. Et non loin de cette ville, au château de Roussillon où nous nous estimions saufs, j'ai vu décéder inopinément la belle La Mare, demoiselle de la reine Catherine : là encore, un bubon qui rentre au grand soulagement de tous, puis la mort après trois jours de vie recouvrée. Avec La Mare comme avec ta sœur, le temps s'est joué de moi, ce temps que Charles neuvième et sa mère voulaient gouverner en exigeant que partout en France les années débutent le 1er janvier et non plus, selon les endroits, à Noël, à Pâques ou à d'autres dates printanières.

— Pouvaient-ils se faire obéir du temps ?

— En se faisant obéir de leurs sujets, qui dateraient les écritures publiques et privées conformément à l'édit royal. Mais ce temps domestiqué a échappé à Charles : il lui a dévoré la vie hâtivement et sans que l'accord entre Français sur le calendrier s'étende à la religion. Les monarques ne commandent pas mieux aux années de leur règne que je ne commande aux années de mes patients et de mes enfants. Tout au plus donne-t-on l'illusion de les étirer si l'on paraît vieux très tôt et interminablement, comme moi, ou jeune jusque très tard, comme toi tu paraîtras peut-être grâce au masque de tes poils.

— Ma mère semble regretter que ceux de mon père blanchissent.

— Plutôt que de compter les poils blancs de son époux, elle devrait lire mes *Œuvres*. Elle néglige mes instructions de toutes sortes et la peste n'y change rien, malgré que je prodigue des conseils fort simples pour se prémunir contre le vice de l'air. J'attache plus d'importance à ces usages qu'aux éponges vinaigrées, poudres aromatiques, pilules, potions cordiales, électuaires, liniments, épithèmes…

— Quels mots difficiles !

— Chez moi tu n'as pas à les apprendre. Ni toi ni mes autres enfants.

Ses *autres* enfants ? Je suis donc devenue le sien et n'habiterai plus là où est morte ma sœur. Mais quoi qu'en pense Catherine Raffelin, je reste la fille de mon père : elle a voulu mon départ pour me faire souffrir ; il l'a accepté après coup pour mon bien.

— Ma cure préservative est si ordinaire, ajoute maître Paré, que vous, mes enfants, la pratiquez chaque jour sans vous en apercevoir.

Et il se récite encore, comme pour se convaincre que s'il se souvient des formules avec lesquelles il a mis ses connaissances par écrit c'est qu'il n'a pas perdu les connaissances elles-mêmes.

— 'Faut éviter la grande variété des viandes... Et ne faut manger pâtisseries ni ivrogner ou se trop saouler... Ceux qui auront accoutumé de déjeuner au matin mangeront du pain et beurre frais salé...'

— À ma sœur qui réclamait du pain beurré notre mère répondait en riant que nous n'étions pas suffisamment indigentes pour vivre de pain.

— Elle juge le sens du commerce hérité de sa famille de marchands supérieur au discernement d'un chirurgien. À ses yeux, il est insultant pour tous ses parents drapiers que je prohibe les vêtements en drap de laine, qui retiennent l'air pestilent ainsi que le font le lin, le chanvre et la fourr...

Il réprime de justesse l'évocation de cette fourrure qui, dans Paris où la vénénosité s'est transmise aux esprits, peut transformer mon père, mon frère et moi en boucs émissaires. Nous ne sommes pas moins en danger que les lépreux, les mendiants, les bohémiens et les Juifs, sur qui l'on rejette spontanément la responsabilité d'une calamité.

‘On dit aussi, a raconté Ambroise sans le réitérer maintenant, qu’il est bon en temps de peste de nourrir un bouc en la maison où on habite, et le tient-on pour un singulier remède contre la contagion du mauvais air ; pour ce que la vapeur ayant empli le lieu où il habite empêche que l’air pestiféré n’y trouve place.’

Les poils des Gonzalès ne sentent jamais fort ! Et que je porte ou non un bézoard en moi, telle une chèvre d’Asie, je ne suis pas plus un animal puant dans la belle demeure des Trois Mores qu’Ambroise Paré n’est le bouc lubrique décrit par ma mère.

‘Et sur toutes autres choses, lit-il dans le silence de sa mémoire, faut éviter la fréquentation des femmes, d’autant que par icelle les forces et vertus sont diminuées… Par quoi on peut conclure que dame Vénus est la vraie peste, si on n’en use avec discrétion.’

Ayant survécu à l’attaque de l’autre peste, il n’est pas concerné par cette précaution contre l’épidémie ; mais comme il désire survivre à sa vieillesse et garder une compagne que des étreintes quotidiennes pourraient consumer et rendre réceptive au présent mal, il doit se résoudre à ne chercher couramment son plaisir que dans la relecture de ses chapitres sur la génération de l’homme. Il s’en console en sachant Jacqueline à ses côtés, même s’il n’a pas suivi sa propre recommandation : ‘Le plus souverain remède que je puisse enseigner avec tous les anciens est s'enfuir tôt et loin du lieu infect, et se retirer en air sain, et retourner bien tard, si on le peut faire.'

Il n'a pas emmené son épouse et ses enfants dans le logis de Meudon, trop proche d'ici et disposant d'un jardin qu'il n'a pu étendre à son goût. Peut-être les aurait-il envoyés hors de notre cité s'il était déjà en possession du manoir plus distant et plus respectable qu'il convoite pour sa vigne et son verger à La Ville-du-Bois.

Faute de mieux, il veut croire qu'à Paris son hôtel n'est pas un 'lieu infect', que dans la fraîcheur de sa cour nous respirons la campagne et que les Trois Mores arrêtent sous le porche la chaleur estivale, la fétidité de la Seine et toute pourriture funeste. Il s'est persuadé que se transporter ailleurs nous aurait été nocif : la contamination a étendu ses racines et piège certains fugitifs. Mais il n'avait pas prévu que la peste succéderait à une maladie virulente nommée "coqueluche", dont le roi et le duc de Guise eux-mêmes avaient été frappés.

Beaucoup de Parisiens ont agi d'instinct sans avoir lu les exhortations d'Ambroise : ils sont vite partis. Beaucoup... c'est-à-dire les Parisiens assez riches pour s'offrir la survivance dans une maison des champs. Ceux qui sont restés manquent de travail depuis la défection des citadins aisés. Quitte à mourir plus misérables qu'à la naissance, ils tuent leur temps en essayant d'oublier la peur et la faim.

Maître Paré aime à saluer les ouvriers et les artisans qui trompent le mortel ennui en jouant aux quilles sur le pont Notre-Dame.

— Je me demande si une agréable diversion n'est pas la meilleure médication contre la peste et autres trousse-galants, me déclare-t-il en songeant à ces hommes valides, tandis que sa remarque me fait songer au joyeux sanctuaire que serait le foyer de mon père s'il n'avait pas pour femme ma méchante mère.

— Les trousse-galants ?

— Oui, les fièvres qui détroussent de la vie en un clin d'œil et n'épargnent pas les jeunes gens les plus vaillants, sauf nos joueurs du pont Notre-Dame qui s'astreignent à la gaieté.

Le premier chirurgien du roi met son expérience et son talent au service de Parisiens aussi humbles que les 'pauvres soldats' qu'il pansait au combat. La guerre l'a très souvent séparé des siens et il se réjouit qu'on ne l'y convoque plus, étant donné son âge, mais cet âge même incite Henri III à moins le solliciter lorsque la cour ne séjourne pas au Louvre. Le praticien en conçoit un peu de chagrin, surtout qu'en ce mois d'août il pourrait se rendre rapidement auprès du monarque.

Délaissant sa capitale, où la 'contagion du mauvais air' lui dispute ses sujets, ce dernier a pris ses quartiers à quelques lieues seulement : il loge chez sa mère, à Saint-Maur-des-Fossés. Catherine de

Médicis, qui telle Catherine Raffelin semble avoir établi des différences entre ses enfants, a accueilli comme de juste le fils favori dans l'un des châteaux qu'elle affectionne spécialement. Ambroise Paré voudrait qu'ils soient plus loin, là où ils passeront l'automne et le début de l'hiver : Ollainville, Fontainebleau ou, mieux, Blois.

Ainsi rassuré, il admettrait que le roi ne lui impose pas un long trajet et n'ait sous la main que la deuxième édition de ses *Œuvres*. Les gravures qui les émaillent ont été reproduites une seconde fois en fin de volume pour notre sire, lequel, 'n'ayant le loisir de lire tout ce livre à cause des sérieuses affaires et urgentes négociations qui de jour à autre se représentent à Sa Majesté, se contentera de voir ces portraits et figures'.

— Si la cour était encore à Paris, dis-je, je l'aurais distraite de la peste ; et si vous avez raison sur les bienfaits de la récréation, j'aurais protégé mon public en le détournant de la crainte de la mort.

Mon élocution me paraît de plus en plus à l'étroit dans mes huit ans de rigueur ; mais grandir pour moi signifie vieillir pour maître Paré, ce qui ne lui plaît pas.

— La cour n'est plus ici et je ne peux te conduire devant elle ! proteste-t-il. Quand bien même elle t'aurait écoutée, es-tu certaine que ton discours ne l'aurait pas lassée dès les premiers mots ? Non pas la reine mère, le roi et la reine régnante, mais les participants qui n'auraient pas plus compris ton latin qu'ils ne comprennent qui tu es.

— Puisque vous ne pouvez me montrer à Henri troisième, montrez-moi votre pierre !

— Ah oui ! Le bézoard… Tu ne le verras qu'après avoir cessé de chuchoter tes contrariétés à Notre Ami l'embaumé.

— Vous le préférez à moi, car il est attentif à vos paroles sans rien vous répondre.

— Il n'était pas si sage autrefois, et il en est mort… sur un échafaud.

— Ma petite sœur si sage n'en est pas moins morte dans notre lit. Moi à qui ma mère reproche de ne pas être sage, je n'ai pas été rattrapée par la peste dans les rues en venant chez vous. Je peux donc ne pas mourir ?

— Si, tu peux mourir à tout moment, que sévisse ou pas l'épidémie. Tu le peux, et même tu le dois, simplement parce que tu vis et aussi parce que toi morte d'autres vivront. 'Fin est la mort et principe de vie.' Je me répète cela et le répète à autrui en n'ayant omis qui en était l'auteur…

Il s'égare un instant dans un savoir qui s'est construit sur les faits vécus et non sur les textes lus, puis il reprend :

— Si tu n'étais pas diablement têtue aujourd'hui, je te ferais recopier cette sentence que j'ai employée il y a longtemps pour clore ma *Brève Collection de l'administration anatomique, avec la manière de conjoindre les os et d'extraire les enfants tant morts que vivants du ventre de la mère, lorsque nature de soi ne peut venir à son effet.*

Il a procédé pareillement au terme de traités qu'il me nomme, dont celui sur la peste. Je ne l'ai jamais entendu céder à l'emphase que pour déclamer les titres de ses livres avec la fougue d'un poète. Il est très fier d'avoir rédigé tous ses ouvrages en français afin d'être lu du plus grand nombre, et d'abord des barbiers-chirurgiens, ou "chirurgiens de robe courte", qui comme lui ignorent le latin et s'attirent le mépris des chirurgiens de robe longue et des médecins ! Il n'est pas 'de ces curieux, et par trop superstitieux, qui veulent cabaliser les arts et les serrer sous les lois de quelque langue particulière', car 'les sciences sont composées des choses, non de paroles'.

— 'Fin est la mort et principe de vie', énonce-t-il de nouveau avant de faire silence.

S'est-il perdu dans la réminiscence de ses propres phrases ? Publiées ou prononcées, elles ont séduit tant de mortels à qui la bénévolence de leur auteur, son ingéniosité et la qualité de ses soins faisaient croire à l'immortalité ici-bas !

Je bondis devant lui en grognant :

— Le bézoard ! Le bézoard !

Ambroise sursaute, tend son bras droit et ouvre le poing en me souriant. L'objet apparaît.

— Il était dans une poche de votre habit ? Vous l'avez toujours sur vous ?

— Bien sûr que non ! Je ne suis pas de ceux qui en font une amulette contre la peste ! se récrie-t-il.

Je touche ce qui ressemble à un noyau de fruit. Les contours jaunâtres sont doux et presque tièdes, quoique irréguliers et râpés d'un côté. En effet, on paie fort cher ces sortes de pierres qu'on utilise en poudre ou en grains macérés dans de l'eau de rose pour des vertus curatives qui ne revigorent que la crédulité. Aussi ridicule que les jus de momie et les poudres de corne de licorne, le bézoard est outrageusement prescrit comme contrepoison universel, alors que l'extrême diversité des venins rend cela impossible.

À Clermont en Auvergne, durant la visite du royaume, Ambroise Paré en a démontré l'inefficacité au jeune Charles IX contre les affirmations d'un seigneur qui avait rapporté d'Espagne une telle pierre. Devant la ténacité du contradicteur il a proposé une expérience : un 'coquin' destiné à la potence ingurgiterait une potion censée être fatale puis de la poudre de bézoard ; s'il ne succombait pas, le roi lui offrirait la liberté.

Maître Paré savait que le prisonnier serait terrassé par le breuvage et que justice serait donc faite deux fois, en punissant un criminel et en prouvant que le bézoard était un leurre, mais il ne s'est vu accorder par le prévôt qu'un cuisinier condamné à la pendaison pour avoir volé deux plats d'argent.

Lui qui connaît plus que quiconque le prix de l'existence voit désavouer ses victoires médicales dans l'absurde exécution d'hommes en pleine santé qui n'ont tué personne, comme si le sang se remettait à couler de toutes les plaies qu'il a fermées. Ce jour-là, il a espéré qu'un apothicaire pressé fournirait par erreur une mixture inoffensive en guise de poison, mais c'en était bien et il faisait plus que tuer : il tuait avec une violente lenteur, laissant au bézoard le temps de ne pas agir.

Ambroise Paré me narre ce qu'il a déjà décrit dans ses *Œuvres* :

— Je 'trouvai le pauvre cuisinier à quatre pieds, cheminant comme une bête, la langue hors la bouche, les yeux et toute la face flamboyants, désirant toujours vomir, avec grandes sueurs froides, et jetait le sang par les oreilles, nez, bouche, par le siège et par la verge… Il vécut sept heures ou environ… Et ainsi la pierre d'Espagne, comme l'expérience le montra, n'eut aucune vertu'.

Les lecteurs, eux, ont eu droit à un épilogue en partie mensonger :

'À cette cause le roi commanda qu'on la jetât au feu, ce qui fut fait.'

Eh non ! Charles IX n'a pas été obéi et elle a pris place comme moi dans le cabinet de maître Paré.

Leur incapacité à sauver qui que ce soit ne retire pas toute étrangeté à ces oignons calculeux qui ont grossi par couches concentriques au fond d'un ventre d'animal. Contrairement aux bézoards achetés par de fastueux amateurs de curiosités, celui d'Ambroise n'a pas été serti dans une orfèvrerie digne d'une relique. Et pourtant c'est vraiment une relique : chaque fois que le chirurgien serre la 'pierre d'Espagne' entre ses doigts, il endure le martyre du cuisinier auvergnat, qu'il n'a pu adoucir. Il ne la garde que pour méditer sur cet échec. La masse minuscule lui pèse de tout le poids des souffrances physiques qu'il tente de réduire chez ses patients. À l'huile bouillante il préfère les baumes pour soigner les blessures par armes à feu ; à la cautérisation au fer rouge il préfère la ligature des veines et des artères pour réussir les amputations. Ses innovations doivent beaucoup à la conviction que sa science ne vaut rien sans la compassion.

— Sache, petit monstre, que si l'apothicaire de Clermont avait eu pitié du larron, il aurait facilement pu se servir d'autre chose que d'un sublimé si longuement torturant.

Il pose le bézoard sur la table, se retourne, grimpe assez agilement sur son fauteuil, plonge la main dans l'encombrement d'une étagère, extirpe un flacon, le brandit un moment puis le range en me disant :

— J'ai là un poison surprenant. Lui aussi tue lentement, mais en un délicieux endormissement.

Se rend-il compte de ce qu'il vient de me confier ? Voit-il encore une enfant au milieu de la pièce ? Est-il en train de se parler à lui-même ?

Dans le doute, je le ramène à moi :

— Et pourquoi n'en avez-vous pas donné au cuisinier ?

— Je n'avais pas emporté cette liqueur en voyage. Elle n'est pas sortie d'ici depuis que je l'y ai cachée.

— Alors elle ne sert pas ?

— Je la tiens d'un parfumeur que j'ai guéri d'une maladie réputée incurable. Cet Italien m'a expliqué que si je me sentais impuissant à diminuer les douleurs d'une bonne personne promise au trépassement, je pourrais verser sur sa langue quelques gouttes du contenu de la fiole. Je ne l'ai jamais ouverte : savoir la mort séquestrée là-dedans m'aide à la combattre alentour.

— Et de quoi est fait ce venin ?

— Je l'ignore.

— Vous savez tout !

— Je sais qu'on en compose de très subtils avec les ingrédients que nous procure la nature. Elle est riche en métaux et minéraux venimeux, plantes venimeuses et bêtes venimeuses.

— Suis-je venimeuse ?

— Que vas-tu inventer là ?

— Ma mère affirme que j'ai un pelage de chat et que vous considérez les chats comme bêtes venimeuses.

— On doit éviter d'avaler du poil d'où qu'il provienne, y compris de soi-même, et celui du chat nous menace d'étouffement plus que les autres. En outre, sont frappés de folie ceux qui consomment la cervelle de cet animal, de phtisie ceux qui respirent son haleine, d'effroi ceux qui croisent son regard.

(De mon vivant j'ai vu trembler les humains que je regardais et j'ai tremblé sous les regards des humains, mais plus depuis que je suis mon portrait.)

— Maître Paré, je crois qu'aux productions venimeuses de la nature vous devez ajouter les hommes.

Déconcerté, il laisse répondre ses *Œuvres* et rouvre la première édition au tout début.

— 'Ne fais à autrui ce que tu ne voudrais qu'on te fît. De sorte que si quelqu'un n'est espoint de cette courtoisie, il est plutôt à nombrer entre les bêtes qu'entre les hommes usant de raison.'

— Ces hommes qui usent de raison peuvent user de votre poison qui endort ?

— Mon poison ? Je n'ai pas écrit avoir possédé du poison ! Et si je ne l'ai pas écrit, c'est donc que cela n'existe pas.

— Moi sur qui vous n'avez pas écrit, je n'existe pas non plus ?

Il ne réplique rien et poursuit la discussion avec ses textes seulement, à la lueur d'une grosse bougie.

Ceux qui coulent une mort heureuse dans son cabinet se taisent aussi : Notre Ami l'embaumé, l'enfant à deux têtes, deux bras et quatre jambes, les jumeaux à une tête et deux corps, le caméléon, le poisson volant et l'autruche de Charles IX, peu à peu rongés par l'ombre dans le silence qui a soudain obscurci l'étude.

En écho à cette conversation qui ne s'est pas interrompue durant mes années passées chez le premier chirurgien du roi, je ressasse le précepte qu'il m'a enseigné, à moi qui dans sa maison ai eu huit, neuf, dix, onze, douze, treize, quatorze, quinze, seize, dix-sept et dix-huit ans :

'Ne fais à autrui ce que tu ne voudrais qu'on te fît.'

On dirait la dernière recommandation d'un mourant, sauf qu'en août 1580 Ambroise Paré avait encore plus de dix ans à vivre et qu'à son décès je ne serais plus à l'hôtel des Trois Mores. La fois où il a gravé dans ma mémoire cette phrase en forme d'épitaphe, il s'est juste endormi d'avoir trop aiguillonné sa belle Jacqueline au creux d'une page de lecture sur la génération de l'homme, acharné qu'il était à mêler son encre à la semence d'une épouse afin de donner chair aux petites créatures de Dieu.

AUX CONFINS DE L'ESPRIT

'NE FAIS à autrui ce que tu ne voudrais qu'on te fît' ?

Je jure n'avoir pas torturé autrui avec un de ces venins qui mettent le feu aux tripes : je savais où obtenir du poison indolore, non pour en boire moi-même puisque je ne voulais pas mourir et qu'il ne supprimait pas la peur sans supprimer la vie, mais pour en faire boire par humanité à quelqu'un que je verrais souffrir atrocement. Je deviendrais alors une bête 'usant de raison' plus sûrement que si j'avais débité du latin devant la cour de France.

Le jour où j'userais de l'ambroisie mortelle volée à maître Paré, deviendrais-je aussi un monstre pour de vrai ? Aucun des artistes m'ayant portraite n'aurait su le dire : ni celui qui m'a dessinée au crayon à Paris, ni celui qui a peint un tableau à Munich d'après ce dessin.

Ma mère non plus ne présumait pas que je pouvais me rendre monstrueuse par mes actes : pour elle, je l'étais de naissance. Redoutant de concevoir des êtres velus, Catherine Raffelin avait entretenu néanmoins le très maigre espoir que son premier enfant ne le serait pas et que, s'il ne l'était pas, les suivants ne le seraient pas non plus. Comme j'ai déçu ses attentes en venant au monde, elle ne m'a pas choyée, moi sa bête aînée.

La deuxième fois, elle a eu pourtant une fille glabre : Catherine, de trois ans ma cadette. De cette génitrice enfin comblée est née en même temps que son homonyme une pitié affectueuse à mon égard, dès lors qu'elle escomptait que le reste de sa progéniture pourrait être à son image. Mais deux ans plus tard elle a eu Henri, à mon image. À ce fils pelu elle n'a rien reproché, ni ensuite à Françoise, Antoinette et Orazio, tandis que moi j'ai retrouvé en son cœur ma place de faute originelle.

Ma sœur Catherine n'était qu'une anomalie normale dans la fabrication des Gonzalès, si normale qu'elle est morte de la peste en ce bel été 1580, foudroyée par un fléau monstrueux qui épargne les monstres et raffole des gens normaux.

Profitant de ce que mon père priait devant la chère dépouille bientôt confisquée, ma mère a enfreint les lois de la nature et celles de la municipalité : sous prétexte que je devais prévenir du décès le vieil Ambroise, elle m'a chassée. Pensait-elle que dehors je serais saisie par l'épidémie ou tuée par ceux qui massacrent chiens et chats lorsqu'elle sévit ? Il y a long de la rue Saint-Victor au quai des Augustins. J'ai su quand même me faufiler à travers le crépuscule et me rendre invisible aux corbeaux, ces ramasseurs de cadavres qu'annonce le glas de leurs clochettes.

Bien que je ne sois pas retournée habiter dans un endroit où Catherine Raffelin m'aurait voulue morte, elle s'est obstinée à me haïr. Elle avait besoin de me haïr pour aimer son fils Henri et ses autres rejetons velus encore à naître, me rendant coupable de leur fourrure parce que j'étais née avant eux. Elle avait aussi besoin de me haïr pour aimer Pedro Gonzalès ; car elle se comportait non seulement comme si j'étais cause du pelage de leurs enfants mais comme si son époux n'était pas cause du mien. On aurait dit qu'elle cherchait à se persuader que l'apparition de mes poils résultait des horribles événements pendant lesquels, terrifiée, elle avait accouché de moi contre son gré. Mon apparence bestiale n'aurait donc pas reflété celle de mon père mais la bestialité qui régnait dans Paris à ce moment-là !

Vouloir renier le lien de ressemblance physique entre son mari et moi, c'était ne plus vouloir spéculer sur ses parents à lui ni sur la mystérieuse copulation ayant produit ce mâle qui chaque nuit s'enfonçait en elle. Comme il se taisait là-dessus et qu'elle ne lui demandait rien, elle s'efforçait de croire qu'il était ignorant de ces choses. En cette matière, Ambroise Paré n'interrogeait pas non plus Pedro, de crainte de ne recevoir aucune réponse de la part d'un ami ou de s'entendre confirmer un soupçon. Le chirurgien si curieux de tout faisait mine d'accepter la version officielle.

Parmi ceux qui ont écrit quelques mots sur le drôle de personnage surgi comme par magie à la cour de France dans les premiers jours du règne d'Henri II, un seul l'a vu de ses yeux : Giulio Alvarotto, ambassadeur de Ferrare. Au printemps 1547, il l'a découvert comme tout le monde au château de Saint-Germain-en-Laye et s'est empressé de rapporter la nouvelle à son maître, Hercule d'Este :

"On a donné au roi un garçon d'environ dix ans amené des Indes, fort beau mais très pileux... ainsi qu'on dépeint les hommes sauvages... Ses poils sont longs d'à peu près cinq doigts... laissent bien voir ses traits... sont de couleur tanné clair... sont plus fins que sur la zibeline... sentent bon... Il parle espagnol... est vêtu comme tout un chacun... Je ne sais pas qui l'a offert à Sa Majesté*..."

Ceux qui accompagnaient ledit Indien n'ont pas délivré de message. Henri II, lui, connaissait certainement la vérité.

* Les traductions de l'italien, du latin et de l'allemand sont de l'auteur, à l'exception des extraits de la fable de G. F. Straparola, p. 178-180. *(N.d.É.)*

Je suis sûre que Pedro vivait déjà dans notre pays, et peut-être y était-il né. Il a fait semblant d'apprendre le français, si vite que c'en était presque aussi prodigieux que sa pilosité, mais durant ses premières semaines à la cour il a sagement régurgité l'espagnol nécessaire à brouiller les pistes. Le souverain a employé publiquement en sa présence cette langue que lui-même avait dû baragouiner enfant, lorsqu'il avait été l'otage de Charles Quint en Castille avec son frère.

Échangés contre François Ier, leur père prisonnier de l'empereur depuis la défaite de Pavie, ils avaient été noblement traités jusqu'à ce que le roi de France oublie ses promesses de vaincu ; alors ils étaient devenus de vrais captifs. Plus que des restrictions en matière de logement, de nourriture et d'habillement, ils avaient souffert d'être séparés de leur nombreuse suite française et de ne plus s'adresser qu'à de rustres geôliers. On a raconté qu'abandonnés au fond d'une forteresse les deux princes avaient l'air de sauvages ; cependant, il ne leur poussait pas sur tout le corps cette toison que l'imagination a longtemps attribuée aux populations de contrées encore impénétrables à la réalité.

Très jeune, j'ai scruté les portraitures de ces habitants de nulle part qui n'habitent que les livres et qui, à la différence des Gonzalès, ne sont pas velus sur la totalité du visage mais seulement barbus pour les hommes. Adolescente, j'ai exploré les relations de voyageurs qui n'avaient pas voyagé ou qui avaient échoué à conquérir leurs rêves. J'ai lu aussi la traduction d'un interminable poème italien dont le héros, rendu fou par une trahison amoureuse, prend l'aspect d'une créature pelue à force d'errer dans les forêts et de tuer tout ce qu'il croise sur son chemin.

Je ne m'attarderai pas sur ce Roland furieux ni sur les récits guère moins fantasques de supposés découvreurs de terres. Je ne dois pas m'égarer dans l'érudition ou les affaires d'autrui ; mais l'histoire de mon père est déjà la mienne, ses poils sont déjà les miens, et la vue de l'enfant qu'il a été suscitait dans l'entourage du roi le même malaise, le même mélange de frayeur et d'incrédulité que chez les gens qui siècle après siècle font halte devant moi, éternel enfant dans un tableau.

Ceux qui croient tout savoir affirmaient comme Alvarotto que Pedro était né aux Indes. Lui disait avoir vu le jour à Ténériffe, la dernière des îles Canaries à être passée aux Espagnols, quatre décennies avant sa naissance. Les insulaires qui avaient farouchement défendu leur patrie étaient très grands, très forts et pas plus poilus que les agresseurs venus d'Occident. Leur nom, Guanches, signifiait "hommes" dans leur vocabulaire parce qu'ils s'étaient crus les uniques survivants d'un cataclysme ayant ravagé la Terre. En fait, c'est leur peuple qui avait disparu, anéanti par les envahisseurs et les maladies étrangères, ou dissous dans des unions avec des colons européens et des esclaves africains.

Toutefois, Pedro répétait mécaniquement être fils de Guanches ; mieux, être issu d'une famille de chefs. Mais il refusait de fournir des détails. Comment aurait-il pu en donner sur des origines qui n'étaient sans doute pas les siennes ?

On se posait des questions. Mon père était-il vraiment natif de Ténériffe ? Fallait-il voir en lui l'un des derniers représentants, sinon le dernier, d'une race monstrueuse qui s'éteignait en même temps que celle des Guanches ? Était-il le fruit d'un accouplement entre deux humains ou entre un humain et une bête ? Avait-il rencontré l'empereur Charles Quint ? Était-il plutôt destiné à sa sœur Marie, régente des Pays-Bas ? Ayant quitté l'Espagne en bateau, avait-il été capturé par des Français ?

Une interrogation dominait : où était Ténériffe ? Quand on évoquait cette île à l'aube du règne d'Henri II, rares étaient ceux qui la situaient correctement. Elle était très loin. Pas au large des côtes africaines, pas plus au milieu de l'océan : au-delà des mers, au seuil de ce nouveau monde qu'on continuait d'appeler Indes et qu'on aurait pu appeler Là-Bas.

Où que soit né l'hôte fabuleux du roi de France, on l'associait à un là-bas inaccessible et inquiétant qui n'était peut-être pas un endroit tout au bout de la Terre mais un secret tout au fond du cœur. On ne pouvait s'empêcher d'y penser dès qu'on l'apercevait, de se demander ce qu'il cachait sous ses poils. On avait beau priser la douceur de ses gestes et la vivacité de son esprit, louer sa rapidité à maîtriser le français et les langues anciennes, rien n'y faisait : on voyait d'abord et toujours ses poils. Sans eux, on n'aurait pas apprécié sa maturité ; il n'aurait eu aucune raison de grandir à la cour. Enfin, aucune raison connue.

J'entends l'écho de propos en latin émis par des savants du XVIe siècle sur le pelage de Pedro Gonzalès enfant ou adulte. Quoique ne l'ayant pas vu, contrairement à Alvarotto, ils l'ont mentionné dans leurs traités pour le meilleur ou pour le pire, et sans le nommer.

Realdo Colombo à Rome :

"Un certain Espagnol plein de poils..."

Félix Platter à Bâle :

"En vérité, on peut trouver des humains des deux genres, et surtout des hommes, qui sont particulièrement velus sur les jambes, les bras, le ventre, la poitrine et la face entière... L'un vivait à Paris... extraordinairement pelu sur tout le corps... très aimé du roi Henri deuxième et familier de sa cour... avec de tels sourcils et cheveux sur le front qu'il lui fallait les relever pour n'avoir pas la vision entravée."

Johann Lonaeus Van den Bosch à Ingolstadt :

“Henri, roi des Français, prit soin de faire instruire à Paris, dans les humanités, un homme pas moins pileux qu’un chien.”

Jules César Scaliger à Agen :

“On le surnommait Barbet… un chien fort poilu… le waterhond de Flandre.”

Un chien d’eau ! On brocardait ainsi Pedro dans les premiers temps, car son “maître” chassait quelquefois avec des barbets, excepté qu’Henri II ne chassait pas avec ce garçonnet qu’on aurait pris pour du gibier. Et donc on n’a plus retenu que la désignation officielle de “sauvage du roi”. Un gouverneur lui était attaché, de la même façon qu’il y avait des gouverneurs pour la géniture du roi et un gouverneur pour les lions du roi.

On s’étonnait à peine d’une pareille prévenance de la part d’un monarque qui avait légitimé sa fille naturelle, Diane, à peu près du même âge que Pedro. À mon avis, celui-ci a été comme elle un aîné pour les enfants d’Henri II et pour d’autres, confiés à la couronne par les froides passions de la politique : Marie Stuart, bien sûr, mais encore l’Italien Louis de Gonzague et Charles de Lorraine…

Moi qui suis superbement parée sur mon tableau, j’aurais été digne d’appartenir à cette jeune troupe qu’on qualifiait de “petite cour”. Elle résidait loin du couple royal, dans des lieux réputés pour leur air sain, et l'on aurait envoyé périodiquement à Leurs Majestés mes portraits au crayon avec ceux des princes et princesses afin que soient évalués les progrès de notre croissance. Mais il est à craindre qu'en cette société j'aurais été à la fois une camarade de jeu et un jouet, une compagne d'étude et une bête fidèle.

Mon père, lui, gardait la tête haute en toutes circonstances et portait son titre de sauvage du roi comme un titre de noblesse. C'est pourquoi on s'est mis à lui donner du don Pedro, du Pedro de Gonzalès ou du Pierre de Gonzalès, et pas seulement parce qu'il se déclarait de haute extraction guanche. Son pelage lui avait conféré à la naissance, ainsi qu'aux gentilshommes, une chose de plus qu'aux simples hommes.

Sauvage du roi, il l'est resté de bon gré à Paris, alors que l'existence des peuples velus était de moins en moins crédible ; il l'est resté même adulte et orphelin dudit roi, même marié et assez richement établi, même catholique accompli et marguillier de l'église Saint-Nicolas-du-Chardonnet ; il l'est resté même en ses affaires, dans les actes que son notaire de la place Maubert rédigeait en le présentant aussi comme "pensionnaire du roi", "lecteur ordinaire du roi" ou "docteur ès droits".

De sa fourrure opulente et soyeuse mon père a fait une marque de grandeur, pas d'infamie. D'ailleurs, il plaisait aux femmes lorsqu'en écoutant ses doctes discours elles croyaient surmonter une vague répulsion physique pour jouir des prouesses de sa pensée. Tant qu'il s'adressait à elles en français, il était Pedro Gonzalès, sauvage du roi et lettré. Par contre, s'il se lançait dans une longue citation latine ou grecque en les fixant de la brillance de son regard à travers ses poils, elles n'entendaient pas ces langues antiques mais une autre, plus antique encore, celle d'un sauvage tout court, voire celle d'un être mythologique, mi-homme mi-animal, qui semblait prononcer d'ensorcelantes formules sans paroles. C'était à leurs oreilles un râle articulé qui n'avait plus rien de civilisé, une invitation obscène qui vibrait en leur ventre.

Pour sentir cela, elles n'avaient pas besoin de connaître la théorie selon laquelle la pilosité faciale est produite par ces mêmes testicules où s'élabore la semence masculine. Sous la toison plus douce et invasive qu'une barbe elles distinguaient une promesse de visage agréable, et sur ce visage une promesse de corps comme on en désire devant de beaux traits.

Leurs époux et leurs amants, eux, n'avaient que de la barbe. Parfaitement taillée, elle exprimait leur capacité à maîtriser la virilité pour savoir faire aussi bien la guerre aux hommes que la conversation aux dames, pour tuer autant que pour engendrer ;

et quand cet attribut toujours visible était vigoureux, la science de la physionomie le considérait comme le signe d'une "chaude complexion" jugée plus attrayante que la beauté, si attrayante qu'une fille nantie d'une barbe pouvait inspirer la luxure.

Mon père était donc mieux que barbu aux yeux des femmes, mais moi je serais pire que barbue aux yeux des hommes. Il a été plutôt heureux en mariage jusqu'à ce que son deuxième enfant meure de la peste, mais moi je serais plutôt malheureuse dès le commencement de mon union dictée par le caprice d'un prince étranger. Henri II ne m'aurait pas sacrifiée à un mâle : il n'aurait tout simplement pas accepté que je naisse. Il voulait le bonheur de Pedro et lui refusait pourtant une postérité. Il a dû songer tristement à cet impossible hyménée pendant qu'il négociait ceux de sa sœur Marguerite et de sa fille Élisabeth avec les ennemis d'hier, Emmanuel Philibert de Savoie et Philippe II d'Espagne.

L'histoire de mon père avait prétendument débuté sur une île lointaine et s'était réellement poursuivie à la cour de France, mais il n'était pas prévu qu'en juillet 1559 à Paris, lors d'un tournoi offert pour les noces d'Élisabeth et les fiançailles de Marguerite, le royal protecteur du jeune Gonzalès serait blessé par un fragment de lance qui pénétrerait au-dessus de son œil droit, ainsi que par des éclats de ce tronçon.

Dans le cabinet de curiosités où mes parents, mon frère et moi sommes exposés en peinture, l'un de nos voisins est le Hongrois Gregor Baci, frappé lui aussi en pleine face par une lance : elle est entrée par un œil et ressortie par la nuque. Le noble personnage est représenté avec son morceau de bois en travers de la tête, car il aurait vécu dans cet état durant près d'une année encore. Que ce soit vrai ou faux, il paraît très vivant depuis son trépas, comme nous tous sur les murs de notre château tyrolien le temps que durera la vie éternelle, c'est-à-dire le temps que durent des portraits, reflets d'existences éteintes.

Henri II, lui, est décédé au bout de dix jours, à l'âge de quarante ans. Le déjà célèbre Paré n'a pas réussi à le sauver. Il n'était pas son chirurgien principal, et en l'ayant été il n'aurait pas eu plus de succès que ses confrères, alors qu'au cours des campagnes militaires il avait ressuscité de modestes combattants à l'agonie. (Mais les souverains, qui ont des successeurs, méritent peut-être moins de survivre que les soldats, qui n'ont que des remplaçants.) Avec trois fils d'Henri appelés à régner, Ambroise ne se retrouvait pas sans rois à soigner, tandis que Pedro se retrouvait sans roi à aimer. Presque quinquagénaire, le premier est apparu au second comme un nouveau père, sinon le "sauvage" d'une vingtaine d'années se serait senti aussi perdu que dans l'obscurité d'une forêt.

Leur amitié était née en 1554, date à laquelle le barbier-chirurgien était devenu maître en chirurgie. Une longue pratique, une notoriété croissante et des sympathies prestigieuses n'avaient pas suffi à lui assurer ce titre : il avait été contraint de bafouiller du latin, d'abord devant les examinateurs de l'Hôtel-Dieu puis à l'église des Mathurins, où il avait coiffé le bonnet carré du collège de Saint-Côme.

Pour y parvenir, il avait reçu de Pedro Gonzalès, sur la recommandation d'Henri II, les indispensables notions d'une langue trop morte à son goût. S'étant affectionné à ce professeur tout pelu, il lui ouvrait sa demeure parisienne avec cette bonhomie si bénéfique à ses patients et lui laissait la libre disposition de sa bibliothèque quand la leçon était interrompue par une urgence médicale au-dehors.

Lorsqu'il rentrait, son hôte avait un livre à la main, y compris la nuit, mais l'heure n'était plus aux déclinaisons latines. Pedro racontait à Ambroise ses explorations dans les régions de l'esprit, tel un voyageur qui aurait parcouru des pages et des pages comme autant de pays. En contrepartie, Ambroise transmettait à Pedro un peu de son expérience acquise au chevet des malades et des blessés, en des palais ou des masures, des cités orgueilleuses ou des villes assiégées, mais il ne le questionnait pas sur sa naissance : il lui dévoilait les arcanes de la nature avec l'espoir de recueillir des confidences en retour.

Leur dialogue s'est prolongé bien après 1554 et mon père n'a livré aucun secret, même la fois où il a vu la pierre de bézoard et le jour où il a remercié maître Paré d'avoir œuvré à ce que Catherine de Médicis l'autorise à prendre femme.

La veuve d'Henri II avait veillé à ce que le sauvage du feu roi conserve sa pension. Elle l'avait admis parmi les membres de plus en plus nombreux de sa maison sans se décider à lui vouer autre chose qu'une forme atténuée des sentiments du défunt monarque. Dans cette inclination posthume, elle n'en continuait pas moins à faire battre le cœur de son époux si regretté. Je ne crois pas que du vivant de celui-ci elle se soit beaucoup interrogée sur la sollicitude royale envers don Pedro : elle estimait qu'on pouvait s'attacher à un être affreux remodelé par une belle intelligence, et puis elle avait de quoi s'occuper avec ses nains, qu'elle mariait entre eux.

Car elle avait la passion des mariages. Elle en arrangeait de plusieurs sortes, toujours entre individus de rang identique, chez les princes et les princesses comme chez les serviteurs et les servantes. Ses nabots étant stériles, elle a encore voulu tenter un accouplement entre créatures d'un même genre étrange mais n'a pas trouvé d'équivalent femelle à Pedro Gonzalès.

Rien ne permettait d'affirmer que ce dernier appartenait à une espèce déterminée, opposait

Ambroise Paré à la reine mère. Fraîchement nommé premier chirurgien de Charles IX, il l'a persuadée d'unir l'homme à la pilosité remarquable avec une fille d'une remarquable beauté, tous deux étant des exubérances de la nature. Mais il a vivement conseillé que la promise soit certifiée inféconde parce qu'on devait s'interdire de trop provoquer ladite nature et d'être responsable de possibles naissances monstrueuses. Sous-entendu : on devait s'interdire de perpétuer une bâtardise monstrueuse au cas où le garçon velu qu'Henri II avait aimé comme un fils serait vraiment son fils.

Maître Paré était déchiré entre ce doute inavouable et le désir de voir son ami heureux. Donc pas de progéniture, une femme quand même, et la moins poilue qui soit. On était au début des années 1560 et non dans la Genèse ; point n'était besoin d'assortir les conjoints aussi strictement que l'avait fait Noé pour remplir son arche. Quant à un second déluge, le Seigneur ne le déchaînerait pas. Il était fatigué, Il avait vieilli à force d'être tiraillé entre tous ceux qui se réclamaient de Lui, et maintenant les protestants se L'appropriaient. Dieu finissait par ne plus savoir qui Il était, mais ça n'avait aucune importance : les hommes s'entretuaient en Son nom sans avoir besoin de Son accord.

En France, le déclenchement des guerres de Religion allait en offrir l'exemple. Du coup, on n'a plus pensé aux épousailles de Pedro, très content qu'on l'oublie. Avec sa différence si visible et l'exacerbation des rancunes, il risquait d'être pris pour une de ces bêtes que papistes et huguenots s'accusaient d'être. Il préférait s'enfermer dans la lecture et méditer sur la barbarie au lieu d'en être le témoin. Son commerce avec les humains s'est bientôt résumé à l'amitié d'Ambroise ; mais le chirurgien partait fréquemment prodiguer ses soins dans les armées catholiques, quoique sa plus longue absence de Paris ait été due à l'interminable promenade de la cour dans un État faussement pacifié.

En janvier 1564, don Pedro a obtenu de ne pas être de cette aventure de plus de deux ans à laquelle participeraient des milliers de personnes, les chiens de Charles IX, les ours de la ménagerie royale et les nains de Catherine de Médicis. A-t-il invoqué devant elle un argument de poids ? Nul n'aurait pu le dire. Jamais encore il ne s'était entretenu en particulier avec la reine mère. Avant cela, elle s'était remis en tête de lui procurer une compagne. Après l'audiencc privée, elle a changé d'avis : il n'en aurait pas d'autre que l'étude.

À quelques jours du départ pour Fontainebleau, où seraient achevés les préparatifs du voyage, elle lui a montré les manuscrits qu'elle collectionnait, surtout en grec, et lui a demandé son opinion sur le choix des volumes imprimés qu'elle emporterait.

Elle bavardait en riant, de ce rire aussi naturel que l'étaient devenus ses habits de veuve et aussi nécessaire à sa joie de vivre qu'à sa politique d'apaisement.

Je sais ce que sans rire elle a dit à mon père en le congédiant : que s'il avait été de l'expédition à travers le pays, il n'aurait pas autant captivé les regards que le roi adolescent, mais qu'avec son pelage et malgré sa conversation il aurait toujours passé pour l'animal qu'il n'était pas ; que les misères de la France venaient de ce que la foi dans les apparences était plus forte que la foi en Dieu ; qu'on avait tort de voir les catholiques et les réformés comme d'irréductibles ennemis, et pas moins tort de ne voir qu'une bête d'aspect humain dans un homme d'aspect bestial ; que lui, cet homme, avait la pilosité d'un sauvage qui ne dévorait que des livres ; et qu'elle-même était une reine mère trop souvent incomprise, pas une reine assoiffée de pouvoir mais une mère éprise de concorde.

Le grand tour de la réconciliation sur lequel elle avait tellement misé, s'émouvant d'être accueillie en maints endroits par des cortèges d'enfants des deux confessions, n'a pas eu l'efficacité de la peste rencontrée en route pour gommer les discordances entre chrétiens : une deuxième guerre civile a éclaté, presque aussitôt suivie d'une troisième.

Resté catholique, Pedro Gonzalès serait resté célibataire si la reine Catherine n'était revenue sur sa décision. Elle concluait trêves et mariages avec une même obsession et jugeait des réjouissances partagées plus propices à la consolidation des raccommodements que la négociation d'un traité. Dans les Ardennes, grâce à la paix de Saint-Germain-en-Laye, elle a fait épouser à Charles IX la discrète Marguerite d'Autriche, fille de l'empereur Maximilien II, et lorsqu'en mars 1571 le roi puis sa nouvelle femme sont entrés dans Paris, où tous les arts avaient été convoqués, elle a fait épouser à mon père Catherine Raffelin, issue de bourgeois que maître Paré soignait régulièrement.

Dans la ville en fête, de telles noces devaient être un divertissement supplémentaire au sens où l'entendait la reine mère : divertir les hommes de leurs querelles afin que soit restaurée l'harmonie universelle dont ils sont les garants. Et quel audacieux modèle d'harmonie qu'un hymen entre le prétendu sauvage de Ténériffe et la jolie Parisienne !

Ambroise avait proposé cette jeune fille parce qu'il la croyait incapable de procréer. Alors Catherine de Médicis a signé le contrat de mariage en priant Dieu qu'en effet Pedro n'ait pas de descendance, mais sans convenir ouvertement avec le chirurgien des raisons qui l'exigeaient.

Les Raffelin, au contraire, se moquaient que naissent des Gonzalès et qu'ils soient pelus ou non. C'est de l'argent qu'ils voulaient voir généré par cette alliance insolite qui faisait parler d'eux. Pour vendre plus de drap dans les milieux de la cour, la fourrure de l'ancien pupille d'Henri II leur était aussi précieuse que celle d'un manteau royal.

Ma mère a-t-elle ressenti du dégoût dans l'appréhension des caresses de mon père ou de l'orgueil dans l'attente d'une cérémonie à laquelle assisteraient Charles IX et les siens ?

Je ne veux pas répondre ni évoquer les nuits du couple. Mon ignorance volontaire sur les relations charnelles entre mes parents est commune aux enfants quel que soit leur âge, qu'ils émergent de l'âge tendre, affamés d'indépendance, ou qu'ils s'enfoncent dans le vieil âge, depuis longtemps orphelins. Ils ne s'imaginent pas plus retourner à la terre qu'avoir germé à partir de semences dans le potager maternel, pas plus devenir de la poussière qu'avoir été à peine mieux qu'un bézoard dans un ventre de chèvre. Ils pensent survivre sans commencement ni fin.

Moi j'y réussis, dans mon tableau. Il faut dire que j'étais prédisposée à vivre hors du temps puisque j'ai failli mourir avant de naître.

À L'HÔTEL DE LA REINE

Je n'ai pas vu le jour mais la nuit.

J'ai vu la nuit à Paris lors du massacre des protestants dit "de la Saint-Barthélemy", bien qu'il ait duré au-delà de ce dimanche 24 août 1572, comme a duré au-delà le travail d'accouchement de la femme qui se retenait de me mettre au monde.

Personne n'a condamné Catherine Raffelin pour cette faute, tandis qu'on accuse injustement Catherine de Médicis d'avoir ourdi l'hécatombe des "malsentants de la foi". Si elle n'a pas désapprouvé l'exécution de quelques chefs qui menaçaient le trône, je ne peux croire qu'elle ait désiré la mort d'enfants, alors que des années plus tard, sur son ordre et sous ses yeux, un artiste est sur le point de me donner vie au crayon.

Nous sommes le 20 août 1580. Il s'est écoulé une semaine depuis que m'a été révélée l'existence d'un séduisant poison. Je n'ai toujours pas huit ans ? Cela ne saurait tarder, cependant nul n'a osé notifier à la mère d'Henri III l'imminence de cet anniversaire qui est aussi celui de la grande tuerie.

Au début de l'été 1572, la reine Catherine était absorbée par le mariage entre une princesse catholique, sa fille Marguerite, et un roi huguenot, Henri de Navarre, pendant qu'Ambroise Paré, dont la connaissance des passions humaines égale celle du corps humain, se défiait des esprits surchauffés par la politique et la religion, par la touffeur parisienne et la cherté des farines.

Le 22 août, quatre jours après les épousailles, on a fait feu à cent pas du Louvre sur un réformé qui en venait, et non des moindres : l'amiral Gaspard de Coligny. Mandé à son hôtel de la rue de Béthisy, Ambroise lui a amputé un doigt de la main droite et retiré une balle du bras gauche avec sa prestesse et son sang-froid habituels, quoique dans sa hâte il n'ait pas emporté ses instruments les plus aiguisés et qu'à l'annonce de l'attentat il ait tremblé en comprenant que les choses s'envenimeraient.

Tout en soignant le blessé, il songeait à Pedro Gonzalès, si différent de quiconque en ces temps où trop d'hommes ne toléraient que des semblables très ressemblants, et plutôt que de regagner directement sa maison il est allé le convaincre de s'y installer sous la protection des Trois Mores avec Catherine Raffelin enceinte. Dans la sécurité de la cour elle pourrait se détendre et dans la quiétude du cabinet son mari pourrait lire des ouvrages récemment acquis.

Certains soutiennent que maître Paré était protestant et qu'il se trouvait de nouveau à l'hôtel de Béthisy en ce sinistre 24 août, quand dès avant le lever du soleil l'amiral avait été assassiné pour de bon. Ambroise se serait enfui par les toits et réfugié dans la chambre de Charles IX. Impossible ! Cette nuit-là, il n'était pas en devoir de rester auprès de son patient, lequel ne développait pas de gangrène ; et s'il avait compté parmi les "religionnaires", il aurait évité le Louvre, où l'on en étripait. Il était curieux de leurs idées, il se délectait du français de leurs traductions bibliques, mais il demeurait catholique et suivait la messe à l'église Saint-André-des-Arcs, celle-là même qui engloutissait ses enfants.

Sa véritable religion était la chirurgie, avec pour commandement de s'occuper aussi bien des papistes que des huguenots. Or je suis sûre qu'il n'a pu panser les seconds durant la sanglante semaine où je suis née. Il me l'aurait dit ! Chaque fois que dans mes jeunes années je l'ai interrogé sur les événements, il ne m'en a relaté qu'un : ma venue au monde chez lui et par ses mains, entre le fleuve lourd de cadavres et la rue de l'Hirondelle, pas moins exposée que les autres.

Je suis la vie qu'il a fait naître en cette période funeste, n'ayant pu en sauver alentour. Une vie monstrueuse surgie de la mort. Pas la mort assourdie qui étouffe aujourd'hui Paris sous la peste comme sous le silence d'un paysage de neige en plein été. Non, une mort assourdissante déversée par des mortels dans une marée de cris.

En août 1572, les croix blanches n'étaient pas cousues sur la casaque des officiers de santé ainsi qu'elles le seraient en août 1580, mais au chapeau de meurtriers et de leurs complices. On ne brûlait pas des hardes de malades mais des livres, voire avec eux un relieur ou un imprimeur libraire. Il n'y avait pas d'ouvriers préservés de la contagion pour jouer aux quilles sur le pont Notre-Dame mais des bourreaux improvisés pour en débucher les habitants "hérétiques". En revanche, tels les engraisseurs qui sèmeraient artificiellement l'infection, des individus profitaient déjà des macabres circonstances et supprimaient des Parisiens dans le but de les voler ou d'assouvir une vengeance ; alors des catholiques massacraient des catholiques.

D'autres catholiques cachaient des réformés. Se peut-il qu'en plus des époux Gonzalès maître Paré en ait abrité pour compenser son impuissance à en aider dehors ?

Son art n'aurait pu sauver grand monde : les tueurs tuaient du mieux qu'ils pouvaient et leur folie n'était pas guérissable. Contre eux, Ambroise ne se sentait pas prémuni comme il l'était contre la peste, qui a une seule chance de frapper à mort un humain et l'avait manquée jadis en s'attaquant à lui. Tout catholique et chirurgien du roi qu'il était, il n'aurait pas eu l'avantage sur les bouchers s'il avait été surpris en train de secourir une proie qu'ils avaient oublié d'achever.

Il refusait, pour les tromper, de se salir en exhibant leur croix blanche maculée de crime. La ruse lui avait été très utile dans les batailles et les sièges afin de rejoindre les blessés, parfois des deux camps, mais c'était autre chose d'affronter la guerre dans sa propre cité, sa paroisse, sa rue, une guerre où les coups n'étaient pas rendus. Et puis il vieillissait ; peut-être avait-il simplement peur de mourir. En tout cas, il avait peur de s'éloigner trop longtemps de Jeanne Mazelin, sa première épouse, de Catherine, leur fille de douze ans, de Pedro Gonzalès, qu'il aimait de plus en plus, et de Catherine Raffelin, qu'il avait du mal à aimer.

Il n'en aurait pas voulu pour bru, maintenant qu'il connaissait son âpre caractère. Il regrettait de l'avoir présentée à la reine mère et d'avoir pronostiqué qu'elle n'engendrerait pas, sur la foi d'une de ces matrones dont pourtant il se méfiait. Il avait souhaité cette infertilité autant que la souveraine, car ainsi la possibilité que l'homme pelu soit le fils d'Henri II ne tirerait pas à conséquence ; au lieu de quoi, le ventre de l'élue s'était tellement arrondi qu'il semblait renfermer une portée.

J'ai la conviction qu'Ambroise Paré n'a jamais abordé la question des parents de Pedro avec la reine Catherine et que jamais non plus il n'a discuté du carnage de la Saint-Barthélemy avec Charles IX, que ce soit au cœur du drame ou pendant les vingt-deux mois qu'a encore vécu ce roi.

Le silence est une langue que j'ai maîtrisée moi aussi, et ce, bien avant de n'être plus que mon image. Je l'ai pratiquée tout au long de ma jeunesse parisienne, sauf avec Ambroise au quotidien et avec mon père quand il me délivrait son enseignement, puis je l'ai employée en exil, à la place du parler local, opposant assez souvent mon mutisme aux gens de là-bas, à leur prince et au mari qu'il m'avait choisi.

Échanger des paroles avec maître Paré m'a dispensée d'être un objet de curiosité dans son cabinet. N'en pas échanger avec Catherine de Médicis était le prix à payer pour que chez elle j'accède au rang de portrait.

Ce 20 août 1580, elle va assister à la naissance du mien et préférerait que j'existe sous cette seule forme. Pour que ma présence physique ne la détourne pas d'une telle aspiration, elle ne s'adressera pas à moi, ne me demandera pas de réciter mon apologie des femmes en latin et me fera poser dans une robe qui lui rappellera quelqu'un d'autre. Entre nous se tissera un dialogue indicible qui résonnera aussi fortement dans ma mémoire que mes conversations avec le premier chirurgien du roi.

Revenue de son château de Saint-Maur-des-Fossés, d'où n'a pas bougé Henri III, elle habite une demeure toute à elle, près de l'église Saint-Eustache. Pour l'agrandir et aménager un jardin, elle a fait transférer un couvent de filles repenties et acheté plusieurs maisons. En dépit de l'air corrompu et des problèmes d'argent, elle poursuit les travaux et en a mesuré l'avancement sans craindre de s'attarder dans la ville gluante de peste. Elle veut braver certaines fatalités, faute de briser celles que sont la guerre civile et l'incapacité de sa bru, la douce Louise de Lorraine, à offrir un héritier au royaume.

Grosse il y a cinq ans, la reine régnante a donné la mort à son enfant en l'expulsant trop tôt. Depuis, elle ne parvient pas à en avoir. Rien n'y réussit, pas même le port sur elle et sur le roi de ces médailles dites "chemises" parce qu'elles en figurent une de la Sainte Vierge, conservée à la cathédrale de Chartres où le couple s'est rendu en pèlerinage. J'ignore si Notre-Dame en était revêtue lors de l'Annonciation ou de son accouchement ; toujours est-il que la vénération de la relique a produit aussi peu d'effet que la possession de son effigie. Mais Louise ne désarme pas : très prochainement, elle ira prendre les eaux en Bourgogne. Néanmoins, la reine mère n'espère plus guère un miracle et n'exclut pas que son fils soit devenu stérile à la suite d'une maladie ou à cause d'une maîtresse viciée.

Quand un hyménée est infécond, on accuse invariablement l'épouse, alors qu'il n'est pas rare que la responsabilité en incombe à l'homme ou qu'il la partage avec elle. La veuve d'Henri II ne le sait que trop bien : une fois mariée, elle a dû patienter presque une décennie avant de tomber enceinte. Pour qu'elle puisse entamer la première de ses neuf grossesses, il a fallu qu'un médecin explique au futur roi la façon de se placer par rapport à elle afin que se mélangent leurs semences. Ambroise Paré m'a raconté que le dauphin avait l'orifice de la verge anormalement situé. Ça ne l'avait pas empêché de concevoir Diane de France avec une Italienne, à la faveur d'une campagne militaire dans le Piémont, mais il faut croire que la dauphine avait la matrice étrangement constituée et ne pouvait être empreinte qu'en copulant dans une posture précise.

Laquelle ? Maître Paré ne me l'a pas décrite, et en 1590, au moment de nos adieux, aucun de ses conseils ne concernera la manière de me comporter devant un corps d'homme : il aura refusé de me voir dans un corps de femme et je serai restée pour lui la fillette velue dont Catherine de Médicis veut capturer l'image par un torride après-midi d'été.

La chaleur est si forte qu'aujourd'hui elle fera succomber plus de pestiférés que la peste. Elle est particulièrement pesante à l'hôtel de la Reine, dans le cabinet où je viens de pénétrer, à moins qu'ici ne pèse surtout le silence malgré la foule. Pas un souffle d'air, pas un souffle de mot. On attend la mère du roi.

J'étais persuadée que la cour avait fui la contagion et me voici au milieu de dames et de gentilshommes qui lui résistent merveilleusement ! Faisant fi des décombres humains laissés derrière elle, ils paraissent même se multiplier, car leurs quatre-vingt-trois visages se reflètent dans cent dix-neuf miroirs de Venise. Je compte et recompte les uns et les autres pour contenir mon empressement à rencontrer la bienfaitrice de mon père. Ces gens ne doivent pas leur victoire sur l'épidémie à l'éminent Paré. Ils survivent sans chirurgien ni médecin parce qu'ils ne sont que des peintures enchâssées dans les lambris, et peu me chaut que les modèles aient ou non survécu.

Plus de trois cents portraits peuplent l'hôtel. Ils montrent des membres de la famille royale et de familles liées aux Valois, des représentants de la noblesse française aussi, mais aucun héros de l'Histoire ou des lettres, pas d'autres papes que les deux Médicis et pas d'autres roturiers ou créatures bizarres que quatre des nains de Catherine. Ces derniers ont l'immense honneur d'occuper les parois de sa chambre, aux côtés notamment de François Ier, son bien-aimé beau-père, et de Madeleine de La Tour d'Auvergne.

De cette mère elle ne peut chérir que le reflet, n'ayant pas atteint l'âge d'un mois qu'elle avait déjà perdu ses deux parents. C'est pourquoi je m'appelle Madeleine. Ainsi l'a voulu Pedro Gonzalès à la fin du massacre des protestants, dans lequel beaucoup ont cru sentir avec horreur ou satisfaction la main de la reine Catherine. Lui ne croyait pas à tant de cruauté et de froideur politique chez celle qui ne l'avait pas désavoué à la mort d'Henri II. En me donnant un prénom sacré pour elle, le sauvage du feu roi la remerciait de le traiter avec certains des égards dus à un fils de roi.

Elle n'était pas plus un monstre qu'il n'en était un ; elle avait un cœur, et avant d'être le cœur d'une épouse amoureuse, d'une mère attentive, d'une reine éprise de paix, ç'avait été celui d'une enfant qui s'adoulourait de ne pas avoir connu sa génitrice à une époque où son existence était menacée à Florence par la peste et les ennemis des Médicis.

— Madeleine ! s'écrie-t-elle en souriant lorsqu'elle arrive enfin.

Ce n'est pas moi qu'elle découvre mais la portraiture que je vais devenir, pas moi qu'elle interpelle mais Madeleine de La Tour d'Auvergne, pas moi qui la fais sourire mais le prénom de sa mère.

Elle s'approche pour caresser ma crinière et mes joues pileuses avec les gestes à la fois mécaniques et affectueux qu'on prodigue aux animaux de compagnie.

Outre nous deux et maître Paré, il n'y a en chair et en os qu'Étienne Dumonstier dans le cabinet grouillant de visages. Âgé d'une quarantaine d'années, il a deux frères portraitistes comme lui, a servi quatre rois de France comme Ambroise, est pensionné par Catherine comme mon père, et comme le sauvage du roi il porte noblement un titre qui n'est pas de noblesse : valet de chambre et peintre de la reine mère. Il a aussi été son discret ambassadeur, menant de délicates négociations à l'étranger tout en y copiant pour elle des physionomies princières.

Ayant acquis la prestance des hauts personnages qu'il reproduit, il veut mépriser l'infection pesteuse avec le courage d'un gentilhomme et non avec l'ambitieuse soumission d'un courtisan envers sa souveraine.

— Nous allons dessiner au vif la fille de don Pedro ! ordonne Catherine de Médicis.

Ça fait mal d'être changée vivante en portrait ? demanderais-je si maître Paré ne m'avait annoncé en chemin que je n'aurais pas le droit de prendre la parole sans y avoir été invitée.

Debout contre moi, il redoute autant mon envie de m'exprimer en public que mon exposition à l'épidémie hors de chez lui. Il m'entend grogner doucement et me pousse discrètement du coude. Il a exaucé de mauvais gré le grand désir qu'avait la reine mère de me voir et n'a accepté de me laisser quitter l'hôtel des Trois Mores qu'à la condition de m'escorter. En m'enrobant de sa seule présence, il tâcherait de m'épargner le sort de ma sœur.

Il a tenu à m'asseoir devant lui sur son cheval plutôt qu'en croupe, malgré l'encombrement de mon vertugadin, et sur le trajet j'ai usé d'un masque comme ces femmes soucieuses de ne pas gâter leur teint en voyage. Cet objet ne m'aurait pas garantie du soleil mieux que mes poils et ne valait rien contre la pestilence, mais il m'a protégée d'un danger bien pire : la désespérance vengeresse des Parisiens, tout disposés à doter d'une figure la bête insaisissable qui les décimait et certainement aveugles à mes atours royaux dès qu'ils auraient aperçu ma face pelue.

Mon habillement appartient à une morte qui n'a pas vécu assez longtemps pour l'endosser. Il n'est pas de ceux dont la reine Catherine attife fastueusement ses naines. Ç'aurait dû être celui d'une de ses petites-filles, Marie-Élisabeth de France, presque ma jumelle, venue au monde huit semaines après moi et ôtée à lui cinq ans et demi plus tard.

Le père, Charles IX, avait précédé la princesse dans la tombe. La mère, Élisabeth d'Autriche, ne l'avait pas secondée dans sa courte agonie. Jeune veuve sans fils, elle était déjà repartie à Vienne, sa cité natale, où elle se consacrait à la prière. Ayant renoncé à se remarier, elle passait ses journées à aimer d'un même amour imaginaire un dieu invisible et une fille qu'elle n'avait aucune chance de revoir.

L'imagination crée toutefois des choses réelles. Pour l'amour de son dieu, l'ancienne reine avait mûri le projet d'un couvent à côté de son logis. Pour l'amour de son enfant, elle avait eu l'idée d'un cadeau surprenant et magnifique : des vêtures de différentes tailles. Elle aurait pu se limiter à de coûteuses étoffes, mais admirer des robes terminées correspondant aux degrés de la croissance lui procurait le plaisir unique de regarder grandir sa fille par anticipation. Quand elles avaient été livrées à Paris, Marie-Élisabeth ne logeait plus à l'hôtel d'Anjou : elle vivait à l'abbaye de Saint-Denis avec les autres morts de sa famille, et dans cette vie-là elle rétrécissait en pourrissant au lieu de croître.

Les robes sont restées vides, pliées dans des coffres qui leur étaient des cercueils, et puis hier on en a porté chez Ambroise Paré afin de trouver celle qui serait à peu près à ma mesure. Elle l'est si parfaitement qu'on la dirait confectionnée pour moi.

Qu'est-ce qui a dissuadé Catherine de Médicis d'en offrir à ses autres petites-filles, deux conçues par le roi d'Espagne Philippe II, six par le duc de Lorraine Charles III, et toutes orphelines de mère ?

Jugeait-elle ces États trop lointains pour de tels envois ? Il lui aurait été facile d'habiller l'aînée du duc lorrain, Christine, auprès d'elle depuis l'âge de dix ans. Eh bien non, pas même sa dévouée Christine, quoiqu'elle l'adore, ou justement à cause de cela. Comme si elle avait eu peur que ces accoutrements à la tudesque ne recouvrent de malheur les filles survivantes de ses filles mortes et que les corps piqués ne leur compriment le buste jusqu'à la suffocation fatale.

Maître Paré a vérifié que je n'étais pas à l'étroit à l'intérieur de ce qu'il a qualifié de "déguisement". Il aurait préféré que je ne l'enfile pas mais ne voulait ni désobéir à la reine mère ni gâcher mon plaisir avec le récit des 'accidents qui adviennent par trop lier et serrer les parties du corps'. C'est le titre d'un chapitre qu'il n'a pas encore rédigé. Il le fera dans cinq ans pour une nouvelle édition de ses *Œuvres* et l'accident dont la description m'aurait effrayée ne se produira pas avant plusieurs mois.

Le premier chirurgien du roi n'a donc pu me narrer gravement l'histoire de cette Parisienne 'trop serrée et pressée en ses habits nuptiaux', qui après avoir communié à Saint-Nicolas-des-Champs y 'tomba raide morte, faute de respiration, et le jour même fut enterrée en ladite église'. Il n'a pu ajouter gaiement que le veuf s'était remarié presque aussitôt avec la 'mère de ladite fille défunte' et que la cérémonie s'était déroulée à Saint-Germain-en-Laye, car le curé de Paris 'avait refusé faire ledit mariage, disant qu'aucun ne pouvait épouser la fille et la mère'.

Le jour de mes noces en terre étrangère, j'étoufferai de chaleur dans une robe médiocre et j'aurai peut-être tort de ne pas tomber raide morte ; le jour de ma visite à l'hôtel de la Reine, j'étouffe de chaleur dans une robe princière mais j'ai raison de ne pas en mourir. La maîtresse des lieux est-elle satisfaite ou dépitée ? Je ne crois pas qu'elle m'ait imposé de me glisser dans ces vêtements funèbres et de marcher dans la ville empestée avec l'espoir que je trépasse. Ne souhaite-t-elle pas au contraire que je me rende invulnérable aux maladies, comme les portraits peints qui nous entourent ?

Devenir un portrait, c'est être au moins aussi vivant que les vivants : plus on le dévisage, plus il semble palpiter dans son immobilité. Et pourtant, les messages muets qu'il délivre paraissent posthumes même si la personne représentée est toujours de ce monde. Chaque fois que la reine Catherine scrutera le mien, elle aura l'impression de scruter une morte sans avoir décidé que je mourrais.

Les sentiments paternels que témoignait Henri II à Pedro interdisent à sa fidèle veuve d'entreprendre quoi que ce soit qui blesserait l'homme velu dans son corps ou dans son âme, d'autant qu'elle l'a pris en amitié. Mais quelle blessure pour elle, et en plein cœur, si elle obtenait la preuve que l'attachement du roi a été celui d'un père pour son garçon et non d'un dompteur pour son monstre !

Le fait qui la tracasse le plus n'est pas qu'un monarque ait réussi à engendrer le présumé sauvage. Cela piquerait plutôt sa curiosité, insatiable sur les audaces de la nature, et elle ne peut que se soumettre à la volonté divine. En outre, elle n'exècre pas les bâtards de son époux : Henri d'Angoulême, Henri de Saint-Rémy et Diane de France. Elle aime Diane comme sa fille ; elle aime aussi le petit Charles, qu'une certaine Marie Touchet a donné à Charles IX. La reine mère s'est habituée à l'idée que cette géniture royale inapte à régner survive et procrée, alors qu'elle-même a déjà perdu la majorité de ses enfants et que les trois restants n'en ont pas. Mais comment supporter que le fils aîné d'Henri II puisse être Pedro Gonzalès, qu'il soit robuste et sache générer des créatures très gaillardes quand elles sont pelues ?

Le décès de ma sœur glabre a renforcé l'amertume de Catherine de Médicis. Elle ne l'a pas retournée contre mon frère, trop jeune : c'est moi, le monstre savant, qu'elle a choisi d'enfermer dans une image.

— Le visage de Madeleine Gonzalès ne me suffit pas. Il me la faut entière ! rugit-elle avec la gourmandise d'une ogresse.

— Cependant…, ose Étienne Dumonstier, qui peut oser beaucoup devant la reine Catherine.

Il n'apprécie guère de devoir dessiner plus qu'une tête et on lui commande rarement un portrait en pied. Même pour un portrait en buste il laisse son atelier s'occuper de l'habillement.

— Cependant ? demande la mère du roi.

— Une vêture digne d'une princesse n'en est pas tout à fait une sans bijoux.

— Et la bambine que voici n'est pas tout à fait une princesse.

(J'en suis donc un peu une.)

— Je me passerai d'or, de perles et de pierreries, concède le peintre.

— Vous en imaginerez sur elle, lui intime Catherine.

Et de lâcher après un moment d'hésitation, comme pour balayer les doutes qui la taraudent :

— On a imaginé tant de choses à propos de sa famille !

Puis elle signifie à Dumonstier :

— Vous serez aussi inventif que la nature, qui a inventé tous ces poils. Prenez conseil auprès de maître Paré ! Il la nomme 'chambrière du grand Dieu' dans ses considérations sur les monstres et les prodiges.

Ambroise s'incline mais ne dissertera pas sur cette chambrière, car il aurait à rappeler qu'elle a inventé la peste et qu'elle n'est plus le seul instrument du Créateur. Des humains s'arrogent ce titre dans une interminable guerre de religion, se métamorphosent en bêtes sauvages sans avoir besoin d'être pileux et voient d'autres bêtes dans les autres humains qu'ils égorgent.

— Je me souviens que votre traité sur la génération de l'homme et celui sur les monstres ont été imprimés en un même volume, précise la reine mère, qui m'examine à distance en s'interrogeant moins sur ma naissance que sur celle de mon père.

Le chirurgien a de nouveau enchaîné génération et monstres dans les éditions complètes de ses *Œuvres*, mais il n'a pas envie de déployer son éloquence là-dessus. Pour toute réponse, il répète ce qu'il expliquait sept ans plus tôt dans la dédicace de l'ouvrage initial, à savoir qu'ayant 'recueilli plusieurs monstres', aussi bien 'ceux qui sont produits aux corps des hommes et femmes' que ceux nés d''animaux terrestres, maritimes et volatiles', il a 'fait tailler leurs figures et portraits afin que chacun reconnaisse la grandeur de nature'.

Devant nous trois il admet avoir un peu abusé du terme "monstre" 'pour plus grand enrichissement de ce traité', comme il l'avouait en étudiant la baleine.

— Je ne saurais portraire un monstre quel qu'il soit ! s'insurge Étienne Dumonstier.

— Qui parle de portraire un monstre ? riposte Catherine.

Il faudrait qu'on m'autorise à donner mon avis. Je dirais que chaque humain est un monstre parce qu'il est différent de tous les autres humains ; je dirais que l'humanité est le plus vaste des cabinets de singularités parce que chaque visage est singulier.

Puis je citerais saint Augustin en latin :

"Portentum ergo fit non contra naturam sed contra quam est nota natura."

Et je traduirais pour Ambroise Paré :

"Le prodige n'est pas contre la nature mais contre la nature telle qu'elle nous est connue."

Il ne démentirait pas puisqu'il déclare :

— Si nous appelons monstres ou miracles ce où notre raison ne peut aller, combien s'en présente-t-il continuellement à notre vue !

Non… Il ne dit pas ça. Il ne l'a pas écrit ni ne l'écrira.

Durant les trop nombreuses années qui ont suivi cette séance de pose, j'ai tellement lu que mes souvenirs de certaines conversations sont déformés ou enjolivés par mes lectures. Il serait si simple de ne rien confesser et de se laisser bercer pour l'éternité par les phrases d'autrui doctement tournées !

Celle que je veux avoir entendue ce jour-là dans la pièce aux miroirs est du sieur de Montaigne, qui a entamé au printemps la publication de ses *Essais*, mais elle pourrait être d'Ambroise. Ne recherche-t-il pas les causes des naissances monstrueuses et autres événements émerveillables, même si 'en cela Dieu se montre incompréhensible comme en toutes ses œuvres' ?

— Je ne me hasarderai pas là où notre raison ne peut aller et ne verrai pas de monstre là où je pourrais croire qu'il s'en présente un à ma vue, promet Dumonstier, avec son habileté d'ancien ambassadeur de Catherine de Médicis.

— Il en est qu'on ne voit pas à l'œil, avertit-elle.

— Ne disait-on pas de Janet qu'il savait "peindre en un tableau ce que l'œil ne peut voir" ? lui oppose l'artiste.

Il désire reprendre l'avantage en prononçant le surnom du fils de Jean Clouet, François, disparu quatre semaines après le massacre de la Saint-Barthélemy et pas moins talentueux que son père.

La reine mère possède des centaines de portraits au crayon réalisés par les deux Clouet et leur atelier. Elle a augmenté la collection qu'avait initiée François Ier, et puis soudain, dès avant la mort de son Janet, elle a cessé de l'accroître. Ayant commandé un dessin de sa petite-fille Christine de Lorraine à Pierre Dumonstier, frère d'Étienne, elle ne l'a pas encore classé avec les autres.

On a copié plusieurs de ces images fragiles pour en tirer des portraitures officielles largement diffusées. Catherine se réserve la contemplation des originaux, rangés dans des boîtes et non reliés en volumes. Elle peut donc modifier leur ordonnancement à sa guise ou élire ceux qui l'accompagneront dans telle ou telle résidence et lui feront savourer la nostalgie d'une époque révolue.

— Oui, notre Janet peignait ce que l'œil ne peut voir, réplique-t-elle à Dumonstier. Il traçait des visages comme on rédige des textes. Il triomphait dans l'art de la vraie semblance parce qu'il donnait figure à des vertus humaines que ne doivent flétrir ni l'âge ni les humeurs.

— De cette façon, indique Ambroise Paré pour m'instruire, quoique ne s'adressant pas à moi directement, Janet était capable d'exécuter après des années un second portrait d'une même personne rien qu'à partir du précédent. Il y instillait la juste dose de maturité et renouvelait l'accoutrement. Lui savait vieillir ses modèles en leur absence, tandis que mes patients me reprochent de ne pas savoir les rajeunir !

Cette boutade pourrait insinuer que François Clouet a un peu trop vieilli et empâté la reine Catherine quand il l'a transformée en veuve sans bijoux, coiffée d'un banal attifet au lieu de l'escoffion de velours rehaussé de perles. Mais ne l'avait-elle pas suggéré elle-même afin de paraître en régente sage et honorée ? Alors elle aime mieux éclater de rire, car elle évite généralement d'entretenir l'affliction.

Étienne Dumonstier, au contraire, a pris ombrage des paroles d'Ambroise sur le génie de Clouet et s'enquiert douloureusement :

— Janet serait-il le meilleur peintre de notre siècle ?

— Nul ne conteste que vous soyez excellent ! s'exclame Catherine, agacée d'être arrachée à sa précieuse gaieté. Malheureusement, les temps ont changé. Un roi ou une reine de France s'offrait naguère les images d'hommes et de femmes de la noblesse par respect pour leurs perfections et par gratitude pour leur fidélité, mais les affaires de religion et les guerres civiles ont sapé la loyauté envers la couronne ! Beaucoup des visages qu'on dessine aujourd'hui ne montrent que de l'orgueil et cachent des vilenies. Des masques, Dumonstier ! Voilà ce que nos peintres risquent de portraire ! Entendez-vous maintenant pourquoi j'affirme qu'il est des monstres qu'on ne voit pas à l'œil ?

— Madame, j'entends que le masque de poils de Madeleine Gonzalès ne dissimule pas un monstre, sinon vous ne m'auriez pas demandé son portrait, consent-il avec effort.

— Je laisse en effet à maître Paré le soin de colliger des monstres dans ses traités.

— Malgré que des médecins l'accusent de procéder ainsi "pour amuser les petits enfants" ? susurre Étienne.

— Je leur répondrai dans un livre que je ne le fais pas 'pour amuser les petits enfants mais bien pour représenter à l'œil ce que l'on ne pourrait si bien écrire et comprendre sans le portrait', se défend le premier chirurgien du roi.

Portrait… Portrait… Portrait… Ils n'ont que ce mot à la bouche et le mien n'est toujours pas commencé !

Étienne Dumonstier devine une sorte de monstre en moi et ne parvient pas à le débusquer ; Catherine de Médicis n'en veut observer un qu'à la surface de ma personne pour ne pas avoir à me sonder. L'artiste tolère mal de me recréer sur le papier sans me dérober les secrets de mon cœur ; persuadée que seul Janet aurait su les dévoiler, la reine mère espère qu'ils resteront invisibles sur le dessin et qu'ainsi confinés ils ne la tourmenteront plus. Pour juger de ce que j'ai dans l'esprit, il lui suffirait d'écouter mon discours en latin et de m'interroger sur les choses que m'ont apprises don Pedro et Ambroise Paré ; mais pour exhumer ce que j'ai au fond de l'âme et savoir si je pense être la petite-fille d'Henri II, il lui faudrait m'ouvrir le ventre au vif, pas me faire peindre au vif.

— Nous parlons trop ! tranche-t-elle. Allons ! Essayons de saisir notre infante sauvage d'après nature !

Infante sauvage ? Je mérite ce titre qui accorde les atours taillés pour Marie-Élisabeth de France à ma toison, et peut-être ma toison à une origine royale, mais comment pourrais-je être dessinée d'après nature avec deux crayons exclusivement, pierre noire et sanguine ?

Certes on décèle en moi une double nature, cependant on n'en soupçonne pas l'essence. La plupart des monstres sont hybrides : ils répugnent et attirent en même temps, toute question sur eux appelle la question inverse, toute définition induit la définition opposée. Mon inquiétante innocence, aussitôt perçue par Dumonstier, ne vient pas d'une apparence enfantine faussée par une pilosité animale. La vraie raison de mon ambiguïté monstrueuse n'est connue que de moi et je la dois au chirurgien qui croyait me préserver en ne m'insérant pas dans son catalogue de 'monstres tant terrestres que marins'.

Monstre, je le suis depuis que maître Paré a sorti devant moi sa potion qui tue en endormant, car il est monstrueux qu'une fille encore loin de pouvoir donner la vie sache déjà donner la mort. Quelle que soit la date de ma longue existence à laquelle j'userai du doux venin, ce jour-là j'aurai de nouveau huit ans, l'âge où je l'ai découvert et où je suis devenue un portrait.

Pour le reste, il n'est pas monstrueux mais heureux que je sois à la fois humaine et pelue : je ressemble simplement à mon père, je suis de sa race, qui que soient ses parents et ses ancêtres.

Il n'est pas monstrueux mais nécessaire que j'aie pareillement peur de vivre et de mourir : mon bézoard de la peur au ventre, j'en suis grosse comme d'un enfant dont je refuserais d'accoucher ; je vis pour le nourrir en moi et mourrais si j'en étais délivrée.

Il n'est pas monstrueux mais possible que du sang royal coule sous mon pelage. Don Pedro paraît du même âge que la bâtarde d'Henri II : a-t-il été conçu comme Diane de France durant le séjour du futur roi au Piémont ? N'ayant pas encore engendré avec Catherine, le dauphin voulait être assuré de ne pas souffrir de stérilité. Il a sailli des Italiennes aussi fougueusement qu'il guerroyait, et peut-être ai-je l'une d'elles pour aïeule.

Si elle était pileuse, Henri l'a choisie à seule fin de se prouver que rien n'entravait sa vigueur et mon père a hérité d'un attribut qui se transmet par les femelles comme par les mâles. Si elle était glabre, le prince a-t-il manifesté trop de virilité et jeté trop de semence, ce qui s'est traduit pour le fils à naître par trop de poils, ou bien ces poils ont-ils été générés lors de cet accouplage par quelque chose que la mère aurait vu ou ressenti, selon une théorie assez répandue depuis l'Antiquité sur les effets de l'imagination ?

On ne s'étonne pas, lirai-je sous la plume du sieur de Montaigne, de voir "les femmes envoyer aux corps des enfants qu'elles portent au ventre des marques de leurs fantaisies… Et il fut présenté à Charles, roi de Bohême et empereur, une fille d'auprès de Pise, toute velue et hérissée, que sa mère disait avoir été ainsi conçue à cause d'une image de saint Jean-Baptiste pendue en son lit". Parce que le saint était habillé d'une peau de chameau et que l'Italienne l'avait vue au moment d'être empreinte !

La démonstration vaut-elle pour Pedro Gonzalès ? Ambroise Paré a beau avoir recensé un cas similaire et relié certaines naissances d''enfants monstrueux' à cette 'ardente et obstinée imagination que peut avoir la femme cependant qu'elle conçoit', il n'aurait su me répondre. Je ne lui en veux pas pour cela mais pour les deux adjectifs qui lui servent à décrire, d'après le témoignage d'un obscur Père de l'Église, une 'fille velue comme un ours, laquelle la mère avait enfantée ainsi *difforme* et *hideuse* pour avoir trop ententivement regardé la figure d'un saint Jehan vêtu de peau avec son poil, laquelle était attachée aux pieds de son lit tandis qu'elle concevait'.

La jeune personne nue qui est reproduite dans le traité sur les monstres n'est ni difforme ni hideuse malgré qu'elle soit pelue. Elle a une main sur son bas-ventre, l'autre sur son sein, et ses contours sont des plus attrayants sous la fourrure qui a envahi son corps mais pas son visage. À sa droite il y a un garçonnet noir issu de parents blancs, la mère ayant possédé 'le portrait d'un More semblable à l'enfant, lequel coutumièrement était attaché à son lit'.

Sur la page suivante est imprimée la 'figure prodigieuse d'un enfant ayant la face d'une grenouille'. Sa mère étant malade, 'une de ses voisines lui conseilla pour guérir la fièvre qu'elle prît une grenouille vive en sa main et qu'elle la tînt jusqu'à ce que ladite grenouille fût morte ; la nuit, elle s'en alla coucher avec son mari, ayant toujours ladite grenouille en sa main ; son mari et elle s'embrassèrent et conçurent, et par la vertu imaginative ce monstre avait été ainsi produit, comme tu vois par cette figure'.

Maître Paré n'hésite pas à tutoyer son lecteur, dans son acharnement à enseigner sans céder à l'afféterie des professeurs de la Faculté.

Oui, je les verrai maintes et maintes fois, vos figures monstrueuses, mais pas assise à côté de vous en votre cabinet. L'autre jour, vous m'avez appâtée avec le bézoard pour me tirer de ma cachette, derrière Notre Ami l'embaumé, où vous saviez que j'étais occupée à étudier de telles gravures. Vous continuerez de me guider à travers l'immensité de vos publications, mais pas sur les monstres. Vous refusez de me mêler à eux, et pourtant j'en suis un, votre "petit monstre". Si je ne l'étais pas, si vous me fournissiez le moyen de ne plus l'être, vous auriez peur de ne plus m'aimer assez, bien que j'aie le sauvage du roi pour père et que je sois en avance sur mon âge. Cela explique sans doute que vous ne me donniez pas à apprendre vos recettes de 'dépilatoires pour faire choir le poil'.

Néanmoins, vous regrettez un peu d'avoir dépeint la 'fille velue' de votre traité comme 'difforme et hideuse'. C'était, je l'admets, pour un ouvrage destiné à séduire le plus de gens possible ; et vous aviez capturé plusieurs de vos monstres dans les *Histoires prodigieuses* de Pierre Boaistuau, 'ordinairement entre les mains des dames et damoiselles', alors que vous prétendriez ensuite ne pas écrire pour les lectrices, si émotionnables, surtout lorsqu'elles sont enceintes.

À l'époque, vous étiez déjà lié à don Pedro et réprimiez vos craintes sur ses origines réelles, aussi aviez-vous occulté sa toison et vous était-il loisible d'insulter celle d'autrui. Par surcroît, son épouse venait de démentir les matrones et vous-même en devenant grosse. Vous étiez fâché de vous être trompé, fâché que Catherine Raffelin puisse accoucher d'un enfant duveteux, fâché que cet enfant puisse être de sexe féminin, parce qu'il est plus supportable à un homme qu'à une femme d'être extrêmement pelu.

Une sorte de pitié altérée par la colère et par la volonté de frapper le public autant que vous étiez frappé : voilà ce qui vous a soufflé des mots difformes et hideux sur une fille qui devait peut-être moins sa pilosité à l'imagination de sa mère qu'à celle de l'auteur que vous aviez copié.

Il serait maladroit de les proférer pendant qu'à la demande d'une reine je pose pour un peintre réputé. Moi je ne suis pas nue mais richement habillée. Moi j'ai des cheveux sur la face mais ne suis pas pileuse comme un ours sur tout le corps, puisque l'hypertrichose universelle congénitale, que vous ne pourriez appeler ainsi, ne distribue pas les poils régulièrement. Aujourd'hui, ceux qui garnissent ma physionomie sont mes véritables bijoux. J'en suis fière à cette heure et ne me plains pas de l'absence de joyaux sur ma coiffure, de croix pectorale et de guirlande de fleurs sur mon corps piqué, toutes choses qu'Étienne Dumonstier va devoir me ciseler au crayon.

En attendant la reine Catherine, j'ai tellement examiné sur les murs les quatre-vingt-trois visages des membres de la noblesse, tellement recherché leurs reflets dans les miroirs, qu'ils m'ont influencée de la façon qu'Ambroise Paré et d'autres attribuent aux images. À trop les fouiller du regard avant que j'arrête de tourner la tête et que je me fige pour le dessinateur, je me suis vue du même monde que ces dames et gentilshommes. Avec ou sans roi comme grand-père paternel, je me suis convaincue d'être l'égale de ces hauts personnages dont les portraits assistent à la naissance du mien.

Je crois les entendre chuchoter entre eux, à présent que se taisent la reine mère, l'artiste et le chirurgien, car mes spectateurs si bellement peints admirent que j'arbore dignement la vêture posthume de Marie-Élisabeth de France. Et pour évoquer la Petite Madame, "vrai miracle de nature en esprit et en grandeur de courage", ils volent au seigneur de Brantôme des mots qu'il n'a pas encore écrits.

Moi aussi je suis un miracle de nature, et pas uniquement par mon pelage. Je le suis par mon esprit, qui a éclos grâce à don Pedro et s'épanouira avec Ambroise. Je le suis par mon courage, qui m'a permis de marcher jusqu'à l'hôtel des Trois Mores, la nuit où ma mère m'a reniée, puis de me résoudre à ne plus voir mon père quotidiennement.

Le sort n'en exigeait pas tant de Marie-Élisabeth, à part retirer trop vite à l'enfant de Charles IX et son père et la vie. "Au bas âge qu'elle a vécu", soit exactement cinq ans, cinq mois et sept jours, "elle disait et racontait des choses incroyables". J'en conterais moi-même si Catherine de Médicis ne me contraignait pas au silence. Elle écoutait pourtant avec plaisir sa petite-fille, laquelle se flattait d'être "des deux plus grandes maisons de la chrétienté", celle de France et celle d'Autriche, "discourait de ces races" et "savait aussi bien garder sa grandeur que si elle fût été plus âgée. Quand quelques-uns l'allaient voir en sa chambre et lui faire la révérence, elle savait aussi gentiment présenter la main pour la faire baiser, comme eût fait la reine sa mère, et tenir sa gravité dans sa chaire".

Moi qui tiens ma gravité debout sans fléchir devant la majestueuse Catherine et son peintre, je ne présenterai pas mes mains velues pour les faire baiser : en ce moment, je tire vanité des seuls poils qui ornent mon visage. L'accoutrement princier qui m'a été prêté ne comprenait pas plus de gants que de bijoux ; mais comme Étienne Dumonstier ignore toujours de quelle manière il va pouvoir reproduire mes traits en s'accommodant avec ma pilosité, il s'est d'abord attaqué à ma parure, et le voici qui me dessine des mains non pelues en cédant à la facilité.

Ces mains-là, je souhaiterais qu'on les baise ! Les autres, les authentiques, je m'en servais pour caresser Catherine, ma sœur sans fourrure. Depuis qu'elle est morte, je m'en sers chez maître Paré pour mignoter sa fille Jacqueline et feuilleter ses livres. Un jour, je m'en servirai pour verser son poison sur la langue d'une personne qui mourra en s'endormant.

Ma sœur Catherine morte à cinq ans puis ma presque sœur Jacqueline morte à moins de trois ans ne se sont pas rendu compte qu'elles mouraient ; mais si leur mal avait persisté, je les aurais endormies.

La fragile Marie-Élisabeth de France a passé sa courte vie à se sentir mourir. D'ailleurs, on a trouvé peu de sang et beaucoup de pus en ouvrant son corps. Cependant, je ne l'aurais pas endormie. Elle voulait assurément "tenir sa gravité" sur son lit d'agonie comme elle l'avait tenue "dans sa chaire", et j'aurais eu scrupule à lui offrir l'abrègement de ses souffrances en remplacement de son célèbre courage.

"On la pouvait dire que c'était un beau et bon fruit, avancé et assaisonné avant le temps ; aussi ne dura guère."

Moi j'ai duré soixante-dix ans, quoique déjà avancée et assaisonnée à huit, et bien que les monstres 'ordinairement ne vivent guère, soutient Ambroise Paré, pour ce qu'ils se déplaisent et mélancholient de se voir ainsi en opprobre de tout le monde'. C'est oublier que certains ne se déplaisent pas ni ne sont couverts d'opprobre, du moins pas constamment, sinon je ne serais pas en train de jouer les princesses chez la reine mère.

Autour de nous les portraits se sont tus, comme épuisés par la difficulté d'Étienne Dumonstier à réussir le mien. Un silence de mort règne dans la pièce. Et Dieu sait que Catherine de Médicis déteste et le silence et la mort ! Elle se retient avec peine de me laisser la parole et ne désapprouverait pas que j'exalte l'exercice des arts libéraux par les femmes : en conjuguant intelligence et beauté, présume-t-elle, ces dernières ont le pouvoir de radoucir les hommes, si belliqueux de nature.

Mais ne croirait-elle pas entendre alors la voix de cette petite Marie Stuart qui avait déclamé l'éloge que j'étais censée reprendre ? Elle serait gagnée par le désespoir en retournant trente-cinq années en arrière, quand elle avait quatre fils pour conserver leur trône aux Valois. Devenue sa première bru, Marie d'Écosse n'est pas tombée enceinte de François II, mort à seize ans ; la suivante, Marguerite d'Autriche, n'a donné à Charles IX, mort à vingt-trois ans, que notre Marie-Élisabeth morte à cinq ans ; Louise de Lorraine ne donnera pas même une fille à Henri III, qui mourra quelques mois après sa mère, dans neuf ans, à l'âge de trente-huit ans ; et il n'y aura pas de quatrième bru du côté de François, le cadet rebelle qui mourra dans quatre ans à l'âge de vingt-neuf ans. Mort aussi avant la reine Catherine, très longtemps avant, Louis, à vingt mois. S'il avait vécu, songe-t-elle, aurait-il évité l'extinction d'une famille où l'on a l'illusion que plus de membres ont succombé que vu le jour ?

Vêtue de noir depuis le décès accidentel d'Henri II, sa veuve semble également veuve de leurs nombreux enfants défunts et ne pleure pas moins ses filles que ses fils. L'indocile Marguerite, reine de Navarre, lui survivra et s'éteindra sans descendance à soixante et un ans ; mais Élisabeth, reine d'Espagne, est morte en couches à vingt-trois ans, puis Claude, duchesse de Lorraine, est morte à vingt-sept ans, fatiguée d'avoir trop souvent accouché.

'Fin est la mort et principe de vie.'

En l'absence de discours en latin, je devrais réciter l'adage de maître Paré à celle qui a engendré des filles mortes d'avoir engendré à leur tour. Elle a lu et possède tant de livres qu'elle saurait me dire qui en est l'auteur. Elle ajouterait que la mort n'est pas toujours principe de vie, que sa fille Élisabeth a expiré en ne procréant qu'un fœtus de cinq mois et qu'elle-même a manqué périr lors de son ultime délivrance, par la faute de jumelles qu'elle n'a pas vues grandir. Victoire est venue d'abord, malaisément, et n'a vécu que deux mois ; Jeanne avait déjà élu tombeau dans sa génitrice, et si confortablement qu'il a fallu lui casser une jambe afin de l'extirper. Non, corrigent certains : il a fallu découper son corps dans le ventre de la reine ! Catherine, elle, ne se remémore que les tortures endurées et le joli prénom du cadavre qui les provoquait.

J'affirme que les mères d'enfants mort-nés fabriquent des monstres parce qu'il est monstrueux de trépasser avant de naître. Mais je connais une mère qui est elle aussi un monstre : la mienne. Au lieu de souffrir pour me faire sortir d'elle comme avait souffert Catherine de Médicis à chacune de ses neuf grossesses, elle a lutté de toutes ses forces pour que je ne sorte pas, au prix d'abominables douleurs.

Pendant qu'elle me portait et que se préparait le mariage de Marguerite de Valois avec Henri de Navarre, les prédicateurs blâmaient sans relâche l'"exécrable accouplement" qui attirerait sur le royaume le courroux divin. Cette dénonciation d'un hymen contre nature entre un roi protestant et une princesse catholique, la femme de mon père la remâchait comme si l'on vitupérait son union avec l'homme velu, bien que tous deux n'aient jamais été suspectés de pratiquer la "religion prétendue réformée". N'avait-elle pas son banc à Saint-Nicolas-du-Chardonnet ? Et lui, n'y était-il pas marguillier ? En prenant part à l'administration temporelle de la paroisse, n'inspirait-il pas le respect malgré ses poils ?

Catherine Raffelin n'était pas rassurée pour autant et son alarme était accrue par la crainte de ce qu'elle mettrait au monde. Elle aurait préféré n'y rien mettre et jalousait l'épouse de Guillaume Roger, la voisine qui gardait depuis des années dans son utérus la masse de chair qu'Ambroise Paré a placée en son cabinet.

Je n'ai pas compris si pareille boule provient de la fermentation de la semence féminine ou de la corruption de la semence masculine. J'ai retenu qu'elle peut être accolée à un enfant et qu'alors 'cette môle, comme une méchante et cruelle bête, tue toujours le fœtus avec lequel elle est liée'. La plupart de ces choses sont expulsées de manière naturelle ou retirées à l'aide d'un 'pied de griffon', pince à trois doigts. Mais leurs hôtesses les hébergent quelquefois jusqu'à leur mort et 'ne jettent que seules ventosités sortant par le col de la matrice avec bruit et son, qui a été cause qu'on dit telles femmes avoir accouché d'un pet'.

La méchante et cruelle bête qu'était ma mère n'accouchait d'aucun pet ; elle n'était pas gênée par le poids d'une môle chichement douée d'une 'vie végétative comme les plantes' mais subissait en elle les coups d'un vaillant fœtus qui n'avait d'autre choix que de quitter sa prison. Et si la compagne de Pedro Gonzalès tremblait de pousser hors d'elle une créature pileuse qui pour les fanatiques rendrait l'étreinte conjugale plus monstrueuse encore, elle n'appréhendait pas moins la venue d'un rejeton glabre qui pour les médisants serait une preuve d'adultère.

En somme, il aurait mieux valu qu'elle donne le jour à des jumeaux, l'un avec poils, l'autre sans. Ce prodige lui aurait apporté une notoriété bien supérieure à la renommée du sauvage du roi en son temps et aurait pu être interprété comme l'appel de Dieu à la réconciliation religieuse. Ainsi aurait été lavé le souvenir de la naissance à Paris, en 1570, de "jumeaux mâles réunis par les parties honteuses", où beaucoup avaient lu la condamnation divine d'une paix durable entre catholiques et réformés. Oubliée peut-être aussi la rumeur selon laquelle avaient été découverts, à Paris toujours, "des petits enfants morts, lesquels étaient fendus par le milieu". Elle s'était répandue en juin 1572 avec la célérité d'un terrifiant présage.

Deux mois plus tard, on assassinait des centaines et des centaines de huguenots dans la capitale et ailleurs. L'élimination de plusieurs de leurs chefs, qui visait à prévenir une quatrième guerre civile, libérait à l'inverse une haine homicide chez des papistes de toutes conditions. Charles IX et sa mère peinaient à la calmer et voyaient leur rêve d'harmonie universelle brisé par la Saint-Barthélemy. Depuis leur enseigne, les Trois Mores en faction devant la résidence de maître Paré regardaient passer sur le fleuve des corps qui semblaient le descendre tranquillement pour se reposer d'avoir été si brutalement occis. Mais est-il vrai qu'on immolait les religionnaires sans distinction d'âge et qu'on éventrait des femmes enceintes ? De jeunes garçons jouaient-ils réellement avec des nourrissons emmaillotés en les traînant à travers rues ?

Ce qui est incontestable, c'est que dès le commencement du massacre Catherine Raffelin a eu vent du genre d'atrocités décrites ultérieurement par les chroniqueurs protestants et qu'elle ne s'est pas sentie protégée dans la demeure d'Ambroise Paré, à la différence de mon futur père. Elle a encore appris qu'on tirait prétexte de la proscription pour régler des querelles familiales et que les époux Feret, marchands drapiers de la rue Saint-Denis, avaient été noyés par leurs propres neveux. D'autres drapiers, les avides Raffelin, se vengeraient-ils sur elle de ce que son mariage n'avait pas fait fructifier leur négoce comme ils l'espéraient ?

La formule "exécrable accouplement" a repris possession de son esprit au début de la chasse aux réformés, lorsqu'elle s'est mise à penser qu'on en profiterait pour se débarrasser de toutes sortes d'indésirables. Don Pedro devenant une cible, elle en deviendrait une aussi, et même une double en comptant le fœtus.

Elle se disait qu'on en voudrait peut-être moins à son conjoint d'être trop pelu que de trop priser la lecture et de trop fréquenter les libraires huguenots du quartier de l'Université. "Vous avez tant aimé ces livres ! Mangez-en à cette heure votre soûl !" entendrait-elle fuser de la bouche des meurtriers de son compagnon, tandis qu'ils fourreraient dans celle du cadavre des feuillets arrachés à quelque ouvrage appartenant à maître Paré. Car elle avait su que certains catholiques prononçaient une telle sentence contre leurs victimes et qu'ils l'exécutaient au moyen de pages de bibles en français.

Ensuite, on s'occuperait d'elle, on s'acharnerait sur son ventre, on la laisserait pour morte aux pieds du premier chirurgien du roi ; mais lui et sa femme on n'oserait pas même les égratigner, on ne s'en prendrait qu'à sa bibliothèque et à sa collection de curiosités, on se contenterait de le voir atterré devant la dépouille de Pedro Gonzalès, impuissant devant la veuve ensanglantée ; alors on saurait qu'il ne pourrait pas plus la sauver que ramener un ami à la vie, que premier chirurgien il ne l'était qu'en titre, et avant de fermer les yeux elle aurait la consolation de contempler la défaite d'un homme qu'elle ne portait pas dans son cœur.

Sauf qu'on n'est allé tuer personne au domicile d'Ambroise Paré. L'accès en a été aussi efficacement interdit aux bourreaux qu'il le serait à la peste huit ans plus tard. Catherine Raffelin n'a été terrassée que par l'effroi, mais le profond remuement de son être a suffi à provoquer un peu plus tôt que prévu ce qu'elle redoutait par-dessus tout : ses couches.

Elle a voulu voir en moi le fruit de sa terreur, pas le fruit de ses entrailles. Elle a voulu croire que mon pelage avait été généré soudainement par sa très forte émotion pendant que j'avais le plus grand mal à m'évader de son utérus ; que cette toison ne me venait pas de la semence de son mari ni même de la possibilité qu'au moment de la copulation elle ait observé le visage et le corps velus de celui-ci, à la façon dont les mères de filles pileuses observent une image de saint Jean-Baptiste avec sa tunique en poils de chameau. Je le répéterai éternellement : pour aimer don Pedro, ma génitrice devait se persuader qu'il n'était pas responsable de la fourrure de leurs enfants nés comme lui et s'inventer que l'aîné de ceux-là était coupable de l'apparence des autres par sa seule antériorité.

J'accuse l'épouvante de Catherine durant sa première délivrance d'être à l'origine de mon bézoard de la peur mais pas de ma pilosité. Maître Paré est catégorique : l'"imagination de la femme concevante ou enceinte', jointe à la 'vertu conformatrice', peut produire un monstre 'à l'heure de la conception et lors que l'enfant n'est encore formé', soit sur une période de 'trente ou trente-cinq jours' pour un fils et de 'quarante ou quarante-deux' pour une fille ; au-delà, si 'la femme regarde ou imagine attentivement choses monstrueuses, toutefois alors l'imagination n'aura aucun lieu, pour ce qu'il ne se fait point de transformation depuis que l'enfant est du tout formé'.

Déclenchée le dimanche 24 août 1572 après des heures de boucherie dans Paris, ma mise au monde s'est achevée dans la soirée du 26. Au troisième jour de carnage, je suis née d'entre les morts, j'ai poussé le cri primordial en chœur avec des protestants qui poussaient l'ultime. Catherine Raffelin, elle, n'en a poussé aucun en tout ce temps, au mépris d'horribles souffrances. Ambroise Paré n'avait jamais vu ça, et jamais non plus il n'avait vu une accouchante refuser d'accoucher, quoiqu'il ait déjà affronté les difficultés les plus variées en la matière.

L'année suivante, dans son traité sur la génération de l'homme et sur les monstres, il énoncerait de nouveau ce qu'autrefois il avait été le premier à expliquer dans un livre à propos des fœtus qui se présentent de mauvaise manière : les matrones ont à 'les tourner et les tirer par les pieds dehors ; et si elles ne se sentent assez expérimentées, qu'elles appellent les chirurgiens exercés en cette affaire'.

Mandé d'urgence, maître Paré l'était souvent pour suppléer les 'soi-disant sages-femmes', lesquelles 'ne veulent apprendre des médecins et chirurgiens', mais il avoue à ses lecteurs : 'On ne peut bien décrire la vraie situation de l'enfant au ventre de sa mère, car véritablement je l'ai trouvée diverse, tant aux femmes mortes qu'aux vives ; aux mortes, en les disséquant promptement après qu'elles avaient jeté le dernier soupir ; aux vives, lors que j'ai été appelé pour les délivrer, nature ne pouvant faire son devoir, ayant la main en leur matrice.'

Cette main, l'épouse de Pedro Gonzalès ne l'a pas reçue moins douloureusement en elle que si l'avait transpercée la lame d'un massacreur. Cette main, Ambroise Paré l'a pourtant introduite 'doucement, sans aucune violence', comme il le conseille à autrui, 'ses ongles rognés' et 'aucun anneau en ses doigts pour garder qu'il ne fasse lésion' où il passerait, tout en ayant pris soin de se procurer un 'drap chaud en double' et de le 'poser sus les cuisses de ladite patiente afin que l'air extérieur ne blesse la matrice et que l'opération soit plus honnête, à cause des assistants'.

En l'occurrence, les assistants étaient les créatures mortes de son cabinet de singularités. Eh oui, c'est là qu'avait été installée Catherine ! M'est avis que d'autres pièces du logis servaient de refuge à des réformés et que celle d'Ambroise respirait encore un peu la paix sous le regard indifférent de l'embaumé aux orbites vides. Mais les piles d'ouvrages et les objets qui en tapissaient les murs n'étouffaient pas totalement les hurlements de Paris, où les persécutés s'égosillaient à la place de la femme grosse qui ne voulait pas me libérer. Aussi muet qu'elle, don Pedro était tapi dans un coin et s'adonnait à son occupation favorite : il lisait pour oublier.

Maître Paré enviait cet homme qui grâce à la lecture pouvait décider de ce qu'il allait connaître et se dissimuler le reste, contrairement à lui qui était habité en permanence par ses échecs comme par ses victoires, par les cruautés de l'humanité comme par les raffinements de la nature. Le chirurgien digérait perpétuellement les leçons de son expérience, mais qu'à Paris des catholiques embrochent peut-être des huguenotes enceintes, cela il ne le digérait pas. C'était une raison supplémentaire pour réussir ma naissance. Navré de ne pas aider en ville le gibier protestant et de ne plus être le praticien qu'il avait été durant les expéditions militaires, il livrait bataille dans son cabinet seulement, contre Catherine Raffelin.

Quand il n'était pas en train de la 'besogner par œuvre manuelle', il s'appliquait à 'oindre toutes ses parties génitales avec choses onctueuses afin de les rendre plus glissantes et coulantes'. Il l'invitait à se maintenir 'en figure moyenne, à savoir non du tout à la renverse ni assise', dans le but 'qu'elle puisse mieux respirer et avoir force à mettre l'enfant hors', mais il n'arrivait pas à m'extraire de cette femelle qui respirait mal et ne poussait pas.

J'étais pourtant déjà une bonne élève. J'avais adopté la position de la 'nativité naturelle', lorsque 'la tête vient la première'. Et malgré que je sois évidemment inquiète de me retrouver en territoire inconnu, j'étais prête à passer dignement du ventre de Catherine à l'antre d'Ambroise, lequel signale qu'un fœtus ne sort pas 'sans douleur'. C'est 'en pleurant' qu'il 'fait ici son entrée des calamités de la vie humaine ; semblablement, la mère enfante avec une extrême douleur parce qu’il faut que le col de la matrice, qui est rond, étroit et nerveux, se dilate et élargisse’. Il faut ‘aussi que les os des hanches se séparent de l’os sacrum afin qu’étant dilatés toutes les autres parties se puissent plus facilement ouvrir’. Chez ma génitrice, rien ne se dilatait, ne se séparait ni ne s’ouvrait : elle était paralysée par la peur.

Mais de quoi avait-elle peur, au juste ? se demandait maître Paré. Que je sois hors d’elle en des heures si funestes ou que je sois vivante et pelue ? Me retenait-elle dans son utérus pour que j’y meure ou pour m’y protéger ?

Ambroise avait beaucoup réfléchi à ce qui peut compliquer un accouchement et pensait qu’‘une grande crainte garde la femme d’enfanter, comme voir des hommes en sa présence ou quelque femme qu’elle abhorre de voir’. Il n’ignorait pas que ma mère aurait préféré les doigts d’une matrone, mais elle lui reprochait moins de la pénétrer avec la main que d’avoir pu déceler de la sorte, et avant elle, si j’étais velue. Comme il ne lui en parlait pas et qu’elle ne se résignait pas à l’interroger, elle en déduisait que oui quand elle le croyait ennuyé d’avoir touché du poil mouillé en elle, ou que non quand elle le sentait désireux par son silence de l’engager à obtenir elle-même la réponse en me laissant naître. À condition que ce soit toujours possible, car le danger est immense, dès lors que ‘l’enfant n’a suivi assez tôt les eaux, pour ce qu'étant vacuées il demeure à sec et que la matrice s'est resserrée'.

À l'âge où les filles jouent à la poupée, j'ai lu sur la procréation toutes les descriptions du premier chirurgien du roi. Chaque fois que je les ai relues, jeune encore, mûre ou très vieille, j'ai eu l'impression qu'il recommençait d'accoucher Catherine Raffelin pour m'enlever à elle, bien qu'il y soit parvenu en 1572. On dit qu'une femme donne naissance à un enfant ? C'est Ambroise Paré qui a fini par me donner naissance.

Au préalable, il a eu le temps de ruminer le problème des races d'hommes monstrueux en caressant dans le ventre de ma mère le duvet que je devais à mon père. Il réfutait leur existence, l'être humain étant la plus parfaite des créatures de Dieu. Sans doute en avait-il causé avec André Thevet, cosmographe de Charles IX, gardien du cabinet de curiosités royal et bientôt aumônier de la reine Catherine. Ce franciscain sécularisé qui avait voyagé en Orient, puis en "France antarctique, autrement nommée Amérique", se gaussait des auteurs "osant affirmer qu'il y a des peuples auxquels les oreilles pendent jusques aux talons, les autres avec un œil au front, qu'ils appellent Arismases, les autres sans tête, les autres n'ayant qu'un pied".

Pas Arismases, frère Thevet : Arimaspes, du latin *Arimaspi*, emprunté ainsi que vos exemples de populations bizarres à Pline Second, comme l'a fait saint Augustin, tandis que Pline a emprunté les siens aux Grecs. Les montagnards de l'Inde, relate ce dernier, ont une tête de chien, sont munis de griffes et ne peuvent qu'aboyer ; en Inde toujours, certaines personnes sont couvertes de poils, ont des dents pointues et ne s'expriment que par cris ; en Inde encore, près de la source du Gange, les habitants sont tout aussi pileux mais sans bouche, n'ayant pas nécessité de boire, ne se nourrissant que du parfum des fleurs ou des fruits, et pouvant mourir empoisonnés par une odeur trop forte ; très loin de là, sur des îles de la mer Atlantique, au large des côtes africaines, un Carthaginois aurait découvert des femmes pelues et rapporté les peaux de deux d'entre elles.

J'ai étudié Pline Second et saint Augustin à l'adolescence, en latin pour honorer mon père, en traduction française pour satisfaire maître Paré, et en latin comme en français j'ai retenu qu'on n'a pas l'obligation de croire aux nations monstrueuses. S'il en est vraiment sur des terres reculées, on doit y voir la puissance ingénieuse de la nature seule, tel Pline, ou de Dieu à travers elle, tel Augustin ; et de la même façon qu'un peuple comprend quelques individus d'étrange aspect, renchérit le saint, peut-être que l'humanité comprend quelques peuples étranges.

André Thevet ne s'émerveille-t-il pas de la diversité de la Création, et Ambroise Paré avec lui, et d'autres dont j'ai lu les traités durant mon exil ? Pourquoi tant de disputes sur les races d'hommes monstrueux si l'on admet que la pluralité des productions naturelles et notre inaptitude à les embrasser toutes nous font paraître certaines 'outre l'ordinaire', selon les mots d'Ambroise, et si l'on reconnaît qu'être outre l'ordinaire n'est pas contre-nature ?

Mais voilà, le cosmographe du roi est allé dans le Nouveau Monde et n'y a pas rencontré d'indigènes pileux : ils naissent lisses, se préoccupent de le rester, bannissent les sourcils et se coupent les cheveux à la manière des moines. Armé de son témoignage, Thevet a jeté l'anathème sur les humains à fourrure et décrété "que s'il advient une fois entre les autres qu'un enfant sorte ainsi velu du ventre de la mère et que le poil se nourrisse et augmente par tout son corps, comme l'on en a vu aucuns en France, cela est un accident de nature".

D'aucuns en France, et sans parenté entre eux ? Âgé d'une vingtaine d'années à l'époque de ces lignes, Pedro était unique en son genre dans le royaume et les gens ne savaient rien de qui l'avait conçu. Il était un don de la nature et pas un accident puisqu'il engendrerait des filles et des fils aussi pelus que lui. Chez les Gonzalès, échantillon ou ébauche de peuple, le véritable accident de nature a été ma sœur glabre.

Ayant commis des erreurs dans ses *Singularités de la France antarctique*, André Thevet n'est pas le mieux placé pour dénoncer celles des artistes "auxquels est permise une licence grande de peindre plusieurs choses à leur seule discrétion" et qui s'opiniâtrent à montrer les sauvages avec du poil partout.

Huit ans après ma venue au monde, Étienne Dumonstier aimerait avoir licence de me portraire sans que je sois là, c'est-à-dire en obéissant à son imagination et non à sa reine, de même que Catherine Raffelin aurait aimé accoucher sans m'avoir moi en son ventre, et maître Paré l'accoucher sans avoir senti mon pelage en elle. Comme eux le soir du 26 août 1572, mon dessinateur devrait arrêter de se poser des questions : le chirurgien l'avait fait pour assurer ses gestes, ma mère pour cesser d'avoir mal, et finalement j'avais pu naître.

Mais Dumonstier n'est pas au travail depuis autant d'heures qu'ils l'étaient. De plus, il n'a pas l'habitude d'être observé pendant qu'il crée, n'ayant généralement devant lui que son personnage afin que tous deux s'enferment dans l'œuvre en construction. Maintenant à l'hôtel de la Reine, son incapacité à copier mon visage est jugée par les autres visages du cabinet : celui de Catherine de Médicis, celui d'Ambroise Paré et les quatre-vingt-trois en peinture. Leurs yeux sont rivés sur le pauvre

Étienne. Les miens aussi, mes yeux dont il lui faut déchiffrer l'expression avant de combiner le museau d'une gentille bestiole avec le minois d'une fillette effrayante de maturité.

Au début, il m'a priée de me tourner très légèrement vers ma gauche puis de le fixer intensément, de sorte que par un regard de côté je fasse valoir mon humanité lorsqu'on interrogerait mon image ; mais dans ce regard il n'a lu que mon impatience, alors que souvent, si la pose s'éternise, l'agacement sourd des modèles l'aide à mieux cerner leur caractère pour en tracer subtilement le trait qui complétera leur physionomie. Rien de tel ne s'offre avec moi, juste le masque d'une enfant qui ressemble tantôt à Pedro Gonzalès, tantôt à Catherine Raffelin.

La reine mère, elle, me voit ressembler tantôt à la petite Marie-Élisabeth de France dans la vêture qui lui était destinée, tantôt au jeune Pedro le jour de sa présentation à la cour.

— Dumonstier, gronde-t-elle, je n'aperçois que les contours d'une tête. Vous ai-je commandé une portraiture sans visage ?

— Non, madame.

— Vous changerez en monstre la fille du sauvage du roi si vous lui ôtez sa figure !

— Je suis un peu égaré par ses poils.

— Vous-même en avez sur la face !

— Une barbe d'homme...

— Souffrez que Madeleine Gonzalès ait une barbe beaucoup plus étalée que la vôtre, et beaucoup moins drue. Que pense maître Paré de cet excès de poils ?

— Je pense que c'est l'une des particularités qui rendent incertaine la frontière entre les hommes monstrueux et les autres. Les créatures absolument contrefaites, nous les rangeons sans hésitation parmi les monstres. Elles nous épouvantent ou nous rebutent, mais elles ne nous troublent pas autant que peut nous embarrasser un seul attribut outre l'ordinaire chez un humain. Suivant les circonstances, nos sentiments et notre disposition du moment, nous verrons là un monstre ou pas ; et les fois où nous en verrons un, il nous apparaîtra presque plus monstrueux que les êtres réellement difformes et hideux.

De la réponse d'Ambroise Paré je déduirai, quand la lecture me sera enfin facile, que la 'fille velue comme un ours' dans son chapitre sur l'imagination maternelle n'était pas réellement 'difforme et hideuse', mais nulle part en ses *Œuvres* je ne retrouverai ce qu'il a déclaré à l'instant. L'aurais-je inventé ? Au printemps de ma vie je me suis tellement imprégnée de sa prose qu'au fond de la mort je crains de lui prêter des commentaires que j'aurais voulu lire de sa main ou entendre de sa bouche.

Toujours est-il que ce 20 août 1580 la reine Catherine lui demande :

— Rien que par le regard on peut donc faire de ses semblables des monstres ?

— Pas uniquement par le regard, corrige-t-il.

— Par la maladie ? suggère le peintre, qui ne souhaite pas être écarté de la discussion malgré qu'il déçoive la mère du roi en tardant à m'emprisonner dans un portrait.

— Il est en effet des maux qui passent directement d'un corps à un autre et mutilent les visages, opine maître Paré.

— Si une personne que j'aurais à dessiner était frappée par un tel mal avant que j'aie pu commencer, cette mission échoirait à l'un des anonymes qui crayonnent pour vos livres ! réplique Étienne Dumonstier.

— Et si à votre tour vous étiez contaminé par la grosse vérole, vous perdriez vos paupières, ou vos yeux, ou votre nez, ou le tout ! lui annonce le chirurgien.

Il ne précise pas qu'on risque en plus de garder 'la bouche torse comme renieurs de Dieu', ainsi qu'il l'indique à ses lecteurs, car il préfère éviter aujourd'hui le sujet des luttes religieuses et la moindre allusion au huitième anniversaire de la Saint-Barthélemy, quand les vrais renieurs de Dieu n'étaient pas ceux qui avaient abjuré la foi catholique mais ceux qui supprimaient les réformés au nom de l'Église romaine. Il sait qu'alors des papistes défiguraient les cadavres de leurs victimes : elles étaient censées ne plus être humaines depuis qu'elles avaient épousé la cause protestante, et cela les assassins l'inscrivaient à grands coups sur la face des morts pour donner à voir des monstres.

Catherine de Médicis refuse que les images du massacre entachent la mienne, déjà si difficile à obtenir dans son cabinet. Elle voudrait les oublier, de même qu'elle voudrait oublier la peste, qui par vengeance peut labourer affreusement de ses bubons les visages des proies qu'elle n'arrive pas à occire. Mais à l'exception des origines de Pedro Gonzalès, la reine mère a toujours discouru passionnément avec Ambroise sur des thèmes très variés, qu'ils soient plaisants ou sérieux, aussi ne détourne-t-elle pas la conversation :

— Maître Paré, qu'est-ce qui explique encore que des hommes deviennent monstrueux par la faute d'autres hommes ?

— La guerre, murmure-t-il.

— Hélas ! acquiesce-t-elle.

— Toutes les guerres, ajoute-t-il. Des soldats se métamorphosent en monstres sanguinaires parce que leur capitaine l'ordonne ou qu'il ne le défend pas.

— Surtout les Espagnols ! soupire-t-elle.

Ambroise Paré a saisi qu'elle cherchait à éluder les conflits armés entre Français, mais il est d'accord :

les perfides Espagnols se complaisent à exterminer les vaincus et sont impitoyables jusqu'en Amérique, où 'ils valent moins que les Indiens idolâtres par le cruel traitement fait auxdits Indiens'.

— Madame, faut-il disserter là-dessus devant l'enfant ? intervient Dumonstier.

— Il le faut devant les peintres, qui doivent discerner les noirceurs de l'âme pour n'en éclairer que mieux les beautés ! clame-t-elle.

— Je croyais que nous ne parlions que de monstruosités physiques, proteste Étienne.

— La folie guerrière en fabrique abondamment, poursuit Ambroise, à qui Catherine a laissé la parole d'un signe de tête. De terribles blessures à la face transforment en tristes monstres des combattants valeureux ou des habitants pacifiques. Ils ont peu de chances de survivre, pour leur consolation et pour la nôtre, quoique je propose des copies de nez, d'œil, d'oreille, de lèvre ou de figure entière afin de recouvrir les ravages de la poudre à canon et de certaines maladies.

Présentement, maître Paré n'a pas à l'esprit ces artifices en or, en argent, en 'cuir bouilli' ou en 'papier et linges collés', selon les organes à remplacer, mais les horreurs qu'il a vues en tant que chirurgien militaire. Plus d'une fois elles lui ont soulevé le cœur, et pourtant elles étaient indispensables au perfectionnement de son art. Ayant beaucoup appris à l'hôtel-Dieu de Paris entre vingt-quatre et vingt-sept ans, il apprendrait encore 'aux batailles, escarmouches, assauts et sièges des villes et forteresses', lit-on au début de son *Apologie et traité contenant les voyages faits en divers lieux*.

Ce long texte qui sera son dernier conclura dans cinq ans la troisième édition de ses *Œuvres* en français. La relation de son quotidien aux armées lui permettra de rappeler que 'science sans expérience n'apporte pas grande assurance' et de réagir vigoureusement, du haut de ses soixante-dix ans, aux nouvelles attaques contre sa méthode consistant, dès qu'un membre a été amputé, à lier les vaisseaux sanguins avec un fil double plutôt qu'à les brûler au fer rouge. L'idée lui est venue pendant le siège d'une place forte de l'empereur Charles Quint, lorsqu'il a secouru un gentilhomme atteint à la jambe par un boulet de couleuvrine.

C'était plus efficace que de savoir seulement 'caqueter en une chaire', comme il en accusera le détracteur auquel il adressera son *Apologie* en ne le nommant pas : Étienne Gourmelen, professeur au Collège royal et ancien doyen de la faculté de médecine de Paris, cette faculté qui a qualifié de "très impudent, très inexpérimenté et surtout téméraire" un Paré ayant déjà plusieurs décennies de pratique. Gourmelen 'ne se souvient pas que sa barbe blanche l'admoneste de ne dire aucune chose indigne de son âge', écrira-t-il de cet adversaire qui est moins vieux que lui et sait descendre de sa chaire pour défier la peste.

Alors que la reine Catherine, désespérant de voir mon portrait achevé mais ne se résolvant pas à nous congédier, presse le chirurgien des rois de l'instruire sur les humains sans visage qu'il a rencontrés à la guerre, Étienne Dumonstier grommelle dans sa barbe brune que la barbe blanche d'Ambroise Paré devrait l'admonester de ne dire aucune chose de nature à effarer l'enfant qui s'efforce de tenir la pose et l'artiste qui s'efforce de la dessiner.

Le bon vieillard n'a nullement l'intention de nous imposer les pires visions, comme au lendemain de la défaite française de 1557 à Saint-Quentin, quand sur les cadavres 'effondrés par pourriture et défigurés' pullulaient de 'grosses mouches qui s'étaient procréées de l'humidité des corps morts et de la chaleur du soleil, ayant le cul vert et bleu'. Il va se limiter à un épisode de 1537 au Piémont durant sa première campagne, celle-là même au cours de laquelle le futur Henri II a peut-être conçu mon père.

À l'évocation de l'expédition, Catherine de Médicis frémit en reconnaissant plus que jamais Pedro Gonzalès à travers la princesse admirablement vêtue que je suis chez elle, Dumonstier fait mine de se remettre à l'ouvrage et moi je continue d'observer ce dernier aussi fixement qu'il l'a exigé, tout en écoutant un récit qu'on lira dans l'*Apologie*.

Ayant eu raison des troupes impériales qui barraient le défilé alpin de Suse, les Français ont investi cette cité peuplée de morts et de blessés en écrasant les uns et les autres sous les sabots de leurs chevaux. On n'entendait que cris de douleur, 'et véritablement je me repentis d'être parti de Paris pour voir si piteux état', notera Ambroise. Aujourd'hui, il ne veut rien divulguer d'un acte de barbarie qui rabaissait nos guerriers au niveau des Espagnols ; il raconte simplement avoir pénétré dans un endroit où abriter sa monture et celle de son aide. La suite de l'histoire, il ne l'a révélée à personne avant nous. Elle va certes m'émouvoir à l'oreille, mais c'est sa version publiée qui s'imprimera en mon âme pour les siècles des siècles :

'Je trouvai quatre soldats morts et trois qui étaient appuyés contre la muraille, leur face entièrement défigurée, et ne voyaient, n'oyaient ni ne parlaient, et leurs habillements flamboyaient encore de la poudre à canon qui les avait brûlés. Les regardant en pitié, il survint un vieil soldat qui me demanda s'il y avait moyen de les pouvoir guérir. Je dis que non. Subit il s'approcha d'eux et leur coupa la gorge doucement et sans colère. Voyant cette grande cruauté, je lui dis qu'il était un mauvais homme. Il me fit réponse qu'il priait Dieu que, lors qu'il serait accoutré de telle façon, il se trouvât quelqu'un qui lui en fît autant, afin de ne languir misérablement.'

À ces mots, je plonge dans un lointain passé. Je suis debout au milieu de l'écurie de Suse, devant les combattants qui n'ont plus de figure. Ils ressemblent à des portraits au crayon qu'aurait abîmés le frottement de mains humides : la pierre noire est devenue purulence, la sanguine est devenue sang. Je tire sur les chausses d'un Paré de vingt-sept ans et l'implore d'utiliser son délicieux poison. Il m'objecte qu'il ne l'a pas encore, que de toute manière il n'aurait pu le verser dans des bouches détruites et qu'il n'est pas en campagne pour ôter la vie mais pour la conserver à ceux qui essaient de s'entretuer.

Heureusement que surgit le 'vieil soldat' si charitable envers les moribonds ! Toutefois, les trois infortunés qui endurent déjà mille souffrances en expriment une de trop en tressaillant sous sa lame. Avec l'exquis venin, ils auraient goûté au plaisir de ne plus en supporter aucune avant de s'éteindre. Ambroise n'étant pas près d'en user, il faudra que je le fasse à sa place puisque je suis capable moi aussi de regarder les gens en pitié.

Ce regard que je projette dans l'avenir va fournir à Étienne Dumonstier de quoi terminer rapidement mon visage : quelque chose qu'il éprouve vivement mais qu'il ne pourrait traduire en paroles, quelque chose de puissant et de doux à la fois. Il croyait devoir beaucoup réfléchir pour me portraire ? Il lui aura suffi de laisser son cœur guider sa main.

Catherine de Médicis croyait devoir m'exiler sur une feuille de papier pour effacer mon existence réelle ? Elle y découvre maintenant une parfaite harmonie entre le meilleur de l'animal et le meilleur de l'humain. Je suis une allégorie de cette concorde qu'elle souhaite au royaume et notre dialogue restera muet parce qu'on ne bavarde pas avec les allégories.

Ambroise Paré croyait qu'une délicate image de ma personne choquerait plus que les représentations assez grossières des monstres de son traité ? Il admet qu'elle m'honore et se sent soulagé comme après m'avoir donné naissance. Mais il est mécontent que son ami Pedro ait accepté de vivre à l'écart de moi et ne soit pas témoin de mon triomphe à l'hôtel de la Reine ; il déplore que le très érudit sauvage de quatre rois de France soit enchaîné à sa femme par un amour presque bestial.

Catherine Raffelin croyait me précipiter dans l'oubli en m'éloignant de son foyer ? Furieuse que je sois le seul membre de la famille Gonzalès dessiné pour la mère du roi, elle voudra des crayons d'elle-même, de mon père et de mon frère Henri, mais elle ne les obtiendra pas de Dumonstier, trop cher, et sans le mien ils ne constitueront pas un ensemble.

Dans le cabinet aux miroirs, l'autre Catherine me sourit, et avec elle Étienne, Ambroise et les quatre-vingt-trois personnages sur les murs. Les soldats de Suse aussi me souriraient s'ils étaient là, tout défigurés qu'ils soient.

— Maître Paré, vous rendrez Madeleine à don Pedro dès que la peste aura été balayée, décide Sa Majesté.

— Et l'accoutrement ?

— Qu'elle le garde au cas où elle paraîtrait ensuite à la cour, et à condition qu'il soit toujours à sa taille. Les enfants grandissent vite, alors hâtez-vous de nous débarrasser de la contagion !

Il s'y emploiera mais ne me renverra pas rue Saint-Victor : il désobéira à la reine Catherine comme il a désobéi à Charles IX en ne jetant pas au feu le bézoard d'Espagne, car elle ne sait pas qu'une génitrice telle que la mienne est bien plus nuisible que la pestilence.

Elle poursuit :

— Quant à vous, Dumonstier, peut-être vous ferai-je copier à l'huile votre dessin afin que notre petite orne cette demeure.

Elle a dit "notre petite" !

Je l'en remercie par une révérence qui serait plus gracieuse si j'avais l'habitude des vêtures royales.

Elle dit encore :

— Le portrait peint serait pour ma chambre, où il rejoindrait ceux de Valois défunts, de ma mère morte deux semaines après m'avoir mise au monde et de nains ayant un peu allégé mes deuils.

En la quittant je brûle de lancer :

— Madame, je veux être du côté des Valois, pas du côté des nains ! Et ne regrettez pas la mère que vous n'avez pu connaître : rien ne prouve que vous êtes responsable de son trépassement et qu'elle vous aurait aimée si elle avait vécu.

EN EXIL

La séance de pose achevée, je rentre fièrement à l'hôtel des Trois Mores pour le repas du soir et le prends sans m'être changée, comme si j'avais été retenue à souper chez Catherine de Médicis.

Cette nuit-là, j'ai du mal à m'endormir, excitée par ce qui s'est passé à l'hôtel de la Reine autant qu'accablée par la chaleur, et j'essaie de trouver le sommeil en comptant les monstres d'Ambroise Paré selon un classement tout différent du sien :

'Figure d'un monstre ayant deux têtes, l'une de mâle et l'autre de femelle... Figure d'un monstre femelle sans tête... Figure d'un cochon ayant la tête, pieds et mains d'homme, et le reste de cochon... Figure d'un homme du ventre duquel sortait un autre homme... Figure d'un hermaphrodite homme et femme... Figure de deux enfants gémeaux hermaphrodites étant joints dos à dos l'un avec l'autre... Figure d'un enfant pressé au ventre de sa mère, ayant les mains et pieds tortus...'

Loué soit le Seigneur de m'avoir épargné la difformité quand j'étais pressée au ventre de ma mère !

‘Figure d’un enfant demi-chien…’

Loué soit le Seigneur de ne m’avoir donné du chien que le poil !

Je m’assoupis avant de finir ma prière d’action de grâce et de me remémorer la ‘figure d’une fille velue et d’un enfant noir faits par la vertu imaginative’.

La fille velue s’invite en songe et me supplie de lui prêter ma robe de princesse. Étant pileuse uniquement sur le corps mais n’ayant pas les traits plaisants, elle n’a plus de remarquable que ladite robe une fois qu’elle en est enveloppée et se dépêche de s’en dépouiller pour retourner dans les *Œuvres* de maître Paré.

Ça tombe bien ! J’en ai besoin, car je rêve maintenant qu’Henri III requiert ma présence au Louvre. À mon arrivée il me couvre de bijoux, et ni lui ni personne n’oserait me traiter de “fruit surанné”, expression réservée aux gens qui ne suivent pas la mode. Je lui récite enfin mon discours en latin, une langue qu’adulte il s’est remis à étudier. Il me vante sa passion des livres, que jadis il achetait lui-même aux marchands de la galerie du Palais, et sa passion des chiens d’appartement, qu’il possède en grand nombre. Il s’attache à moi sur-le-champ et me fait cadeau d’un chiot de Malte.

Il témoigne une semblable tendresse aux bâtards que sont sa demi-sœur Diane et son neveu Charles, fils de Charles IX et donc demi-frère de

Marie-Élisabeth de France. Ayant pris à cœur la santé de cette Petite Madame durant le peu de temps qu'elle a survécu à son père, le monarque est ému que j'aie hérité d'un habillement confectionné pour elle et m'en promet d'autres si j'apprends à danser la pavane, l'allemande, la branle, la courante, la volte et la gaillarde, qui se succèdent dans cet ordre à ses bals du jeudi et du dimanche. Féru de mascarades, il estime que le plus beau des masques est le mien, qui m'est naturel.

Soudain, voici l'hiver et la fête des Rois. Notre sire choisit un bulletin dans un bonnet et simule le tirage au sort de la reine de la fève. Il est d'usage qu'elle soit désignée d'avance parmi les dames et demoiselles de la cour, mais c'est moi l'heureuse élue ! Henri III respecte la tradition en m'offrant des vêtements splendides aux couleurs des siens, la place d'honneur aux réjouissances et, le lendemain, son bras pour me conduire à la messe.

En franchissant le seuil de l'église, je suis réveillée par les cris que pousse la fillette d'Ambroise Paré dans notre chambre. Jacqueline n'est pas en train de rendre à Dieu son âme minuscule : elle fait simplement ses dents. Je peux me rendormir en paix et devenir l'héroïne de nouveaux songes.

Étant décédée soixante-deux ans plus tard, est-ce que morte je continue de rêver ? Et si oui, les morts rêvent-ils de leur existence passée ou de celle qu'ils auraient préféré vivre ? Ai-je inventé l'amitié qui me liait au chirurgien Paré, l'intérêt que m'accordait Catherine de Médicis, mon établissement à l'hôtel des Trois Mores pendant l'épidémie de peste et ma visite à l'hôtel de la Reine pour y être portraite par Étienne Dumonstier ?

Il n'en demeure pas moins vrai qu'au début des années 1580 à Munich le duc Guillaume V de Bavière a reçu de France les visages au crayon de mes parents, de mon frère Henri à trois ans et de moi à huit ans. Leur auteur est resté anonyme et ils n'ont pas traversé les siècles. On ignore de même à qui le prince a demandé de nous peindre avec ces seuls dessins pour modèles. Sur les huiles, Pedro, Henri et moi sommes en pied dans une caverne, Catherine est à mi-corps je ne sais où. Au bout d'un certain temps, Guillaume a envoyé les tableaux au château d'Ambras, chez son oncle Ferdinand II de Tyrol, qui collectionnait là des trésors façonnés tantôt par la nature, tantôt par l'homme.

J'espère bien avoir été en pied dès le crayon parisien, qui qu'en soit l'auteur, et avoir conservé sur la toile des atours déjà visibles sur le papier : parure de tête, coiffure en ratepenade, fraise, corps piqué rehaussé d'une guirlande de fleurs d'or serties de perles et de pierres, croix pectorale, vertugadin…

L'artiste de Munich a aussi pourvu mon père et mon frère d'une fraise mais leur a imaginé une tournure de Turcs par des manteaux qui leur descendent jusqu'en bas. En revanche, il n'a pas trahi la réalité pour la coiffe noire à bavolet de Catherine Raffelin, son col tuyauté blanc et ses habits austères, noirs encore, tout cela en contraste avec une mine juvénile et joufflue que je ne lui ai pas connue. Sa main gauche tient mollement un mouchoir froissé, ses yeux semblent bouffis. Je voudrais qu'elle ait pleuré de ne pouvoir m'aimer tel que je le méritais au lieu de se lamenter sur la perte de sa bambine glabre et pestiférée.

Elle aurait une autre raison de verser des larmes : Guillaume de Bavière a fait copier ces peintures pour sa sœur Maria Anna et pour Charles d'Autriche, son beau-frère, mais il ne dit rien de ma mère dans la lettre du 3 avril 1583 où il livre à sa sœur ce qu'il a lu ou entendu sur nous : don Pedro et sa progéniture "ne sont pas les sauvages qu'on appelle ainsi" ; "l'homme est assurément fin, modeste et d'une fréquentation agréable, tout pileux soit-il" ; "la fille aussi est des plus fines et policées, elle serait jolie sans poils sur la face" ; quant au garçon, il est "folâtre". Si le duc m'avait rencontrée, il m'aurait trouvée jolie avec mes poils sur la face.

Les portraits de nous qu'il a gardés quelques années ont été repris assez fidèlement par un miniaturiste flamand de sa cour, Joris Hoefnagel, dont les recueils de dessins à la gouache et à l'aquarelle figurent des centaines d'êtres vivants et abondent en citations latines puisées dans la Bible ou la littérature antique. Les créatures de Dieu sont réparties entre le Feu, la Terre, l'Eau et l'Air. Au Feu, qui est le plus extraordinaire des quatre éléments, ont été associés les insectes, qui sont les plus extraordinaires des animaux, et les Gonzalès, qui sous leur apparence animale sont les plus extraordinaires des humains, et même les seuls en cette arche de Noé sur vélin.

Nous ouvrons l'immense cortège de bêtes que nous ne sommes pas, mon père et sa femme dans un ovale, mon frère et moi dans un autre. Je porte toujours mes bijoux, mais j'ai enlaidi et je parais de mauvaise humeur. Je ne devrais pas, car au-dessus de moi est écrit LAUDATE PUERI DOMINUM et au-dessous LAUDATE NOMEN DOMINI. C'est le début d'un psaume : "Enfants, louez le Seigneur ! Louez le nom du Seigneur !" Alors je recommence : loué soit le Seigneur de m'avoir épargné la difformité quand j'étais pressée au ventre maternel et de ne m'avoir donné du chien que le poil ! Ou plutôt, loué soit-Il de m'avoir transmis la pilosité paternelle.

La toison de Pedro est l'"œuvre merveilleuse de la nature", lui fait dire Hoefnagel dans un poème en latin. Ces vers à la première personne proclament que la France a été la "seconde mère" de "Petrus Gonsalus, élève du roi" et "originaire des îles

Canaries". Elle l'a "nourri jusqu'à l'âge adulte" et lui a permis de "renoncer aux mœurs sauvages".

Il n'a jamais eu de telles mœurs et n'en aurait pas eu même s'il était né à Ténériffe !

La France lui a "enseigné les arts libéraux et le latin".

Vrai de vrai !

"Par la grâce de Dieu", il a eu "la plus belle des épouses".

Pas plus belle qu'il n'était beau !

Les "fruits précieux de cet hyménée" ont été des "cadeaux de la nature", "les uns ressemblant à leur mère par la beauté et la carnation, les autres tenant de leur père par la chevelure qui les habille".

Récapitulons : à l'image de Pedro Gonzalès sont nés successivement moi, Henri, Françoise, Antoinette et Orazio. Mais à l'image de Catherine Raffelin ? J'ai oublié s'il y avait eu des enfants sans pelage à part ma sœur morte de la peste. Tant pis pour eux ! Ces enfants-là ne pouvaient être que d'une monstrueuse banalité et impropres à enflammer les artistes.

Tout le contraire d'Henri et moi, représentés encore à trois et huit ans, quoique deux décennies après les productions de Joris Hoefnagel. À Prague, quelqu'un s'est inspiré plus librement que lui des quatre portraitures de Munich. Pour l'empereur Rodolphe II, elles ont été réunies et rendues souriantes dans une scène à la gloire du bonheur familial, un bonheur tristement illusoire. Nous sommes dans un intérieur de palais, je suis indubitablement une princesse, Henri est un prince, et qui sait si l'auteur de nos jours n'est pas justement fils de roi ? Certes, on nous a inclus dans un bestiaire, mais pour nous différencier des animaux comme l'avait fait Hoefnagel, et l'oiseau que j'aide mon frère à porter est le symbole de notre intelligence : une chouette pareille à celle de la sage Athéna.

Ensuite, on n'a plus cherché à me portraire, alors qu'Henri l'a été à Rome par Augustin Carrache, sous les traits d'un jeune homme assis, sobrement pelu, quasi nu et arborant autour du cou la peau de chèvre spécifique aux anciens habitants des îles Canaries. L'huile sur toile le montre avec le fou et le nain d'un Farnèse cardinal, ainsi qu'avec deux chiens, deux singes et un perroquet.

À Rome toujours, le décès de mon frère Orazio en pleine maturité a incité son ami Mercurio à commander une gravure qui restitue assez bien sa pilosité faciale, mais un peu gâchée par la peau de chèvre des Guanches de Ténériffe.

À Bologne ou à Parme, c'est Lavinia Fontana qui aurait dessiné le visage avenant d'une jouvencelle velue ayant tout l'air d'être ma sœur Françoise, et c'est encore elle qui aurait peint à mi-corps ma sœur Antoinette vers l'âge de six ans avec des fleurs dans les cheveux. Le pompeux accoutrement de cette petite est de ceux dont sa maîtresse s'amusait à la couvrir, mais la figure pileuse n'est pas vraiment la sienne et ses mains sont ridiculement glabres. Elles tiennent une feuille de papier où l'on peut lire en italien :

"Depuis les îles Canaries fut amené au sérénissime Henri, roi de France, don Pietro, homme sauvage, lequel se trouve maintenant auprès du sérénissime duc de Parme, où je fus, moi, Antonetta, et actuellement je me trouve auprès de la signora donna Isabella Pallavicina, madame la marquise de Soragna."

Pas auprès du duc de Parme, pas auprès de la marquise de Soragna : en leur possession ! Car si l'on a cru que mon père, ma mère, mon frère Henri et moi avions séjourné à Munich sous prétexte que nous y étions présents dans des tableaux, des portraits d'Henri adulte, d'Orazio, de Françoise et d'Antoinette ont été réalisés en Italie parce que les modèles y résidaient. Orazio y a même été conçu et mis au monde, nos parents ayant abandonné définitivement notre patrie.

En 1589 étaient morts Catherine de Médicis puis Henri III. Son successeur était protestant et peinait à s'imposer sous le nom d'Henri IV. Le 30 août 1590, il a dû lever le siège de Paris devant l'avancée des troupes d'Alexandre Farnèse, qui a voulu rencontrer tous les Gonzalès. Celui-ci avait pour mère la défunte Madama, fille naturelle de Charles Quint et gouvernante des Pays-Bas, qu'il régissait désormais. Il était aussi duc de Parme, de Plaisance et de Castro, territoires dont il avait confié la régence à son fils Ranuccio. C'est précisément à Parme que nous a envoyés Alexandre en sachant apprivoiser don Pedro et adoucir Catherine Raffelin.

Mon père était alors sans appui royal et ne percevait plus de pension. Il avait du bien et sa belle-famille pesait d'un poids considérable parmi les marchands drapiers parisiens, mais il ne serait plus le sauvage humaniste d'aucun roi ni d'aucune reine dans une France où la fascination qu'il exerçait avait été émoussée par le temps et par l'habitude de lui voir engendrer d'autres personnages poilus. Il se disait que leur destin était ailleurs et que notre cher Paré ne vivrait plus guère, ayant atteint l'âge de quatre-vingts ans.

Le chirurgien n'avait pas assisté à l'agonie d'Henri III, poignardé à Saint-Cloud, et se mourait d'épuisement pour avoir prôné sans relâche la concorde dans le royaume, faute de la préserver chez lui. Il avait affirmé que les 'parties génitales' masculines 'font la paix en la maison', or les siennes avaient dicté son choix d'une seconde femme trop jeune. Cette Jacqueline Rousselet l'avait fâché avec sa fille du premier lit, bannie de la rue de l'Hirondelle ; elle avait de plus en plus d'empire sur son mari et me tolérait de plus en plus difficilement à l'hôtel des Trois Mores, même si j'étais une sœur pour ses filles.

Elle n'a pas eu à m'en chasser, ce qu'elle n'aurait pas manqué de faire dès la disparition de maître Paré, survenue le 20 décembre 1590. Il avait souhaité en effet que les Gonzalès quittent Paris avant qu'il décède. Alexandre Farnèse, qui les réclamait au complet, avait consenti à ce qu'ils attendent la fin du vieil homme, mais Ambroise préférait les regarder s'éloigner vers une existence nouvelle plutôt que de leur infliger le spectacle de son déménagement dans l'église Saint-André-des-Arcs. De plus, il désirait passer de vie à trépas sans se presser : il était son propre chirurgien et son propre patient, il étudiait le lent travail de conquête mené par la mort sur sa personne et consacrait ses ultimes forces à noter des observations là-dessus, comme pour préparer une quatrième édition de ses *Œuvres*.

Il m'a donné son exemplaire de la deuxième, qui m'était si familier, et à mon père il a cédé quantité de livres, au grand désespoir de la cupide Jacqueline. Derrière d'autres de ses volumes j'ai volé sa fiole de poison, qui risquait de tomber entre de mauvaises mains. En échange, j'ai laissé mes atours de princesse à sa fille cadette, une Catherine de presque dix ans. La reine mère ne les avait pas repris et ils n'étaient plus à ma taille quand m'avaient enfin reçue le roi et des gens de qualité.

Mais je ne me serais séparée à aucun prix de ma chienne. Sa mère était celle offerte par Henri III et avait vécu aussi peu de temps que beaucoup d'enfants. Je projetais néanmoins de perpétuer par les femelles une dynastie canine et royale. Au moment d'entreprendre à la saison froide une pérégrination qui me privait de maître Paré comme s'il n'était déjà plus, j'ai pensé qu'une bête bien-aimée me serait un réconfort. De fait, elle l'a été en se blottissant contre moi dans les chariots ; mais chaque fois que j'étais exposée à la vue des curieux avec elle, je subissais la torture en les écoutant comparer nos pelages.

Durant l'interminable voyage dont les étapes principales ont été Bruxelles, Bâle et Milan, on a exhibé les Gonzalès tels des monstres, et pas même Catherine Raffelin n'était ménagée. À Bâle, cependant, le médecin Félix Platter n'a pas examiné Henri et Françoise en tant que monstres. Longtemps après, il écrirait en latin s'être procuré leurs portraits, ne pas croire que "vivent des sauvages pelus sur le corps entier", être sûr que "les poils poussent dans tous les pores" et admettre qu'"il n'y a rien d'extraordinaire à ce que sur certains humains et sur la majorité des animaux ils soient plus longs et n'arrêtent pas de croître, comme les ongles". En Italie, on a trouvé cela extraordinaire sur nous.

Françoise et moi sommes restées à Milan quelques semaines de plus que Pedro, Catherine et Antoinette, mais Henri y est resté quelques années, le gouverneur du château ayant obtenu cette faveur de son ami Alexandre Farnèse. Ce dernier avait été trop fatigué par sa récente campagne militaire pour jouir pleinement de nous à Bruxelles. Il ne reverrait pas la cité de Parme, où en mai 1591, un an et demi avant sa mort, son fils aîné a dû accueillir mes parents et ma petite sœur. À partir de là, l'histoire des Gonzalès m'est facile à résumer si je m'en abstrais.

Le régent Ranuccio a obéi à son père en reconnaissant le mien pour gentilhomme et en lui attribuant une pension ainsi qu'un serviteur. Les livres de comptes ont indiqué méthodiquement le nom de don Pietro Gonzales Selvaggio. Les sommes correspondantes se sont ajoutées aux "frais de jardins" parce qu'une dépendance du Palazzo del Giardino avait été assignée aux nouveaux venus, que j'ai rejoints en décembre avec Françoise. On admirait ces lieux pour leurs arbres, leur labyrinthe, leurs viviers et leurs grottes occupées par des fauves.

Nous avions beau ne pas habiter une caverne, la plupart de nos visiteurs étaient envoûtés par notre seule fourrure et en oubliaient la conversation de Pedro, qui savait pourtant l'italien.

Au début, Ranuccio Farnèse nous aurait mieux appréciés s'il n'avait craint nos poils. À vingt-deux ans, ce lettré superstitieux était déjà pétri des contradictions qui lui feraient accomplir le meilleur et le pire quand il serait duc. Sur le point de se rendre aux Pays-Bas, il a ordonné que ses bibliothèques soient accessibles à mon père et à moi, mais il n'y a pas été notre guide ; il nous a interrogés sur nombre de sujets, mais pas en audience particulière ; et aux heures où il se sentait assailli par des puissances occultes, il a peut-être songé à nous comme à des loups-garous incapables de reprendre totalement forme humaine, et certainement comme à des porte-malheur, l'année de notre arrivée à Parme ayant été assombrie par le débordement des rivières, la famine et des cas de peste.

À son retour, le prince a dompté sa peur en se persuadant que nous lui étions soumis corps et âme. Il a donc décidé d'être le parrain de mon frère Orazio, né en août 1592. Le prénom n'a pas été choisi au hasard : c'était celui d'un Farnèse qui avait achevé son éducation en France à la cour d'Henri II, lequel l'avait uni à Diane, sa fameuse bâtarde légitimée ! Et si Ranuccio ne s'est pas montré au baptême de son pileux filleul, il y a été représenté par Cosimo Tagliaferri, qui assumait de très hautes charges.

Don Pedro briguait lui-même un emploi pour ne plus être un simple ornement de jardin. À la naissance d'Orazio, il a été placé à la tête du domaine agricole de Collecchio, ce qui lui rapporterait deux cent vingt écus par an au lieu de la dizaine qui constituait sa rente habituelle. Mais on ne lui a pas permis de garder le nourrisson, Françoise et moi.

L'aventure rurale n'a pas duré. Mon père était accoutumé aux *Bucoliques* de Virgile et non aux paysans ; ma mère aimait vivre entourée d'un parc et non au milieu des champs. Or Ranuccio, désormais duc de Parme, exigeait que ses terres soient fructueuses et parfaitement administrées. En outre, il était content qu'au bout de trois ans d'absence l'unique mâle adulte de sa collection de velus revienne au Palazzo del Giardino ; car Henri, devenu Arrigo en Italie et bientôt sorti de l'adolescence, n'avait finalement atteint Parme depuis Milan que pour en repartir et gagner le palais romain d'Odoardo, le second des fils Farnèse.

Élevé à la pourpre cardinalice avant ses dix-huit ans, celui-ci s'intéressait à la botanique, à l'agriculture, au bétail et aux animaux rares. Par une lettre du 18 mars 1595, il avait exprimé à son frère le désir de se voir "concéder" l'"autre homme sauvage" dont le duc avait "fait l'acquisition". C'est ainsi qu'en juillet Henri s'est retrouvé à la disposition d'Odoardo telle une marchandise, bien qu'avec le titre de valet de chambre. À dix-sept ans il était aussi "folâtre" qu'à trois ans, lorsqu'il avait été décrit par Guillaume V de Bavière, et sa toison plus blonde que celle de Pedro ou d'Orazio semblait enrober d'un voile de douceur sa personne bien charpentée.

Vêtu somptueusement et assis dans un carrosse à côté du jeune prélat, il a été promené par les rues de Rome avant d'aller découvrir en sa compagnie la villa de Caprarola, à une journée de voyage vers le nord. Cet édifice polygonal était le joyau du duché de Castro, sur lequel Ranuccio régnait à distance, mais elle n'a pas plu à l'"homme sauvage" né à Paris. Plus au nord dans le même État, il a été séduit en revanche par le lac de Bolsena. Quand le cardinal Odoardo ne chassait pas sur la plus giboyeuse des deux îles, il y dirigeait la reconstruction d'un monastère et d'une église qui abritait les tombeaux de ses ancêtres. L'une de leurs résidences surplombait la rive méridionale du lac. De dimensions modestes, elle n'en portait pas moins le nom de *rocca*, "forteresse", et dominait le village de Capodimonte.

À l'aube du XVIIe siècle, Henri a été autorisé à se domicilier dans cette localité où il avait pour ambition de profiter de la protection des frères Farnèse sans jamais voir le duc et en voyant peu le prélat. Encore valet de chambre et un temps garderobier, il a conduit discrètement ses propres affaires jusqu'à son dernier souffle. Elles lui ont garanti une aisance à laquelle n'auraient pas suffi sa rémunération et les dons en argent ou en nature qui la complétaient. Tantôt il achetait une vigne qu'il revendait plus cher, tantôt il se livrait au commerce des grains, et toujours il pratiquait l'usure.

Rien n'a changé pour lui dans les années 1620, après le décès de Ranuccio puis d'Odoardo, ni dans les années 1640, après une première invasion du duché de Castro par l'armée du pape puis son rattachement aux États pontificaux. Il s'est entendu à merveille avec les nouveaux maîtres, tout en restant rétribué par les précédents et en persistant à trafiquer.

Grâce à son ascension, il a vite été le signor Peloso et non plus Arrigo peloso ou l'Huomo selvaggio. Il a veillé à ce que les notaires eux-mêmes gomment ses poils afin que sur leurs actes il soit seulement Enrico Gonzales. Ensuite, il a insisté pour qu'on y mentionne sa véritable origine en l'appelant Henrigo Gonzalez Parisiensis ou le signor Enrico Gonzales Francese. Un Français de Paris vivait donc parmi des villageois du haut Latium. Il voulait que là soit le miracle et non dans l'accueil d'un étranger anormalement pelu par la population méfiante d'une région boisée. S'il n'avait pas appartenu aux Farnèse, ç'aurait été impossible, évidemment.

Mais la meilleure façon de prendre racine à Capodimonte était encore d'y prendre femme. À vingt-quatre ans, Henri a épousé Girolama Cintura, qui en avait dix-huit, et peu importe que les parents de la mariée n'aient pas été riches : il a touché du duc Ranuccio deux cents écus transformés en titres de rente, tandis que le cardinal Odoardo offrait des bijoux payés quatre-vingt-huit écus ; puis il a reçu du même duc l'usufruit d'un terrain pour une habitation et du même cardinal une somme affectée aux travaux.

Le 12 décembre 1605, alors que sa maison n'était pas terminée, il a fièrement saisi la plume et annoncé à Ranuccio la naissance d'un fils : "Tout pileux, et beaucoup plus que moi." Tout pileux qu'il était, ce fils prénommé Giacomo n'a pas vécu un an et demi.

Ma sœur Antoinette, jouet d'une marquise, s'était déjà brisée hâtivement comme tant de jouets, fauchée par cette mort enfantine dont je croyais exempté tout Gonzalès né poilu.

La compagne d'Henri n'était pas retombée enceinte lorsqu'au printemps 1609 le duc a enfin accédé à une requête pressante de mon frère : l'installation chez le couple du vieux Pedro, qui lisait de moins en moins et souffrait d'être entretenu à Parme dans l'oisiveté. À la *rocca* de Capodimonte il exercerait la fonction de garderobier. Ranuccio s'est séparé de lui en continuant à le pensionner et en le laissant emmener, outre Catherine Raffelin, leur fils Orazio et leur fille Françoise. Le 11 mai, Henri écrivait à Odoardo Farnèse : "Mon père va très bien et a rajeuni depuis qu'il est arrivé."

Le prétendu rajeunissement de Pedro Gonzalès a tourné court, ses années de vie supplémentaires ont été consumées difficilement et en 1618, devenu octogénaire, il a rendu à Dieu ce qui restait de son âme. Au cimetière de Capodimonte l'ont suivi assez vite : ma mère à plus de soixante-dix ans ; Orazio avant quarante ans et sans que sa progéniture lui ait survécu ; Françoise avant cinquante ans et sans avoir quitté le célibat.

Quant à Henri, il n'a eu que Giacomo de son union avec Girolama Cintura, morte après vingt-six ans de mariage. Il n'a pas attendu trois mois pour convoler avec une fille de notable, la jeune Maria Biscioni, mais leur fils n'a pas eu le temps d'être baptisé et l'épouse est morte après quatre ans de mariage. Il n'a attendu que deux mois pour convoler avec la jeune Anna Maria Marana, elle aussi fille de notable, mais leur fille n'a guère eu le temps de grandir et l'épouse est morte après cinq ans de mariage. Il a convolé si furtivement avec une certaine Emilia que j'ai oublié le nom de cette belle-sœur. Leur petite fille et leur petit garçon ont été emportés par un même mal mystérieux, mais Emilia, elle, n'est pas morte. En 1656 c'est mon frère qui est mort, à presque quatre-vingts ans.

On n'a pas à savoir si d'autres de mes neveux et nièces étaient velus à part l'aîné : il faut seulement retenir que, velus ou pas, tous sont morts en bas âge.

Les Gonzalès n'avaient-ils été arrachés à la France que pour s'éteindre en Italie ? Ulisse Aldrovandi, philosophe et médecin bolognais, s'était penché sur notre cas mais n'aurait pu le dire : quand le premier fils d'Henri est venu au monde, le savant en était déjà sorti.

Il avait conçu un remarquable jardin de simples et enfermé la Création dans ses armoires. Il rangeait là des minéraux, des plantes séchées et des cadavres d'animaux par milliers, ou encore des gravures et des dessins reproduisant toutes bêtes et choses qu'il ne pouvait obtenir ou que son érudition immodérée lui faisait accepter pour vraies. Ainsi les images de deux filles à la tête pelue "comme un singe" : l'une complètement nue et le corps glabre ; l'autre censée être glabre sous des vêtements superbes.

Aldrovandi a ausculté ma sœur Antoinette en 1594 et aurait dû réprouver les extravagantes visions d'humains ayant des poils sur la face exclusivement ; mais l'excès de science lui inspirait souvent un discours confus et il a rapporté à tort qu'en plus du visage la bambine n'avait de pileux que le dos.

Je dois être indulgente à son égard parce qu'il a commandé des portraits de mon père et d'une des enfants Gonzalès en même temps que ceux des grands-ducs de Toscane François et Ferdinand de Médicis. Dans la villa d'Aldrovandi, don Pedro et l'une de ses filles voisinaient donc avec des princes, à égalité sur des murs uniquement. Mais laquelle des trois sœurs ? Françoise ? Antoinette ? Moi ? Aucune en particulier, les tableaux n'ayant pas été peints au vif et le maître des lieux ne dérogeant pas à la sale habitude de mes contemporains d'évoquer les Gonzalès sans les nommer.

Sa *Monstrorum Historia* a été imprimée en 1642, l'année de ma mort et quatre décennies environ après la sienne. Un autre Bolognais, Bartolomeo Ambrosini, s'est chargé de reprendre ses notes dans un latin bizarre. Presque au commencement du gros volume, à l'endroit où est décrite "une enfant pelue de huit ans" qui ne peut être qu'Antoinette, des illustrations montrent ladite enfant, son père de "quarante ans", son frère de "vingt ans" et sa sœur de "douze ans". Ces gravures ont été réalisées du vivant d'Ulisse Aldrovandi. À l'époque, Françoise avait bien douze ans, mais la petite dernière en avait six, Henri seize et Pedro plus de cinquante-cinq ! Tous quatre sont élégamment habillés. Antoinette est couronnée de fleurs et tient un éventail, Françoise une paire de gants.

Et moi, ai-je été irrémédiablement laissée à l'écart ?

Des centaines de feuillets plus loin, Pedro Gonzalès reparaît à diverses reprises dans un même paragraphe comme autant de personnes différentes au gré des sources : il est un Espagnol sans indication d'âge, "avec de longs poils sur toutes les parties du corps, hormis les mains, et sur le visage" ; il est un garçonnet au pelage blanc, venu en Espagne depuis les Indes ou né en Espagne d'un couple d'Indiens ; il est un adolescent "pas moins pileux qu'un chien", quoique éduqué à Paris selon le vœu du roi de France ; il est de ces gens velus qui ont surgi "de quelque part" à la cour de Parme et dont les portraitures, signale Ambrosini, sont visibles au début du livre.

Sous le titre "enfant éthiopien et vierge pelue", une autre page comporte des figures quasiment identiques à celles 'd'une fille velue et d'un enfant noir faits par la vertu imaginative', que maître Paré proposait à la réflexion de ses lecteurs ; et parmi les causes de "barbe" infantile on retrouve le pouvoir de l'imagination lors de la conception, mais ici sont concernés les parents indistinctement et non la seule mère frappée par ce qu'elle regarde à cette occasion.

La possibilité est grande, est-il expliqué plus sagement, qu'une pilosité luxuriante se transmette à la génération suivante. La preuve est à Parme, "où nous avons eu connaissance qu'habitait la géniture pileuse de tels parents pileux". Catherine Raffelin elle aussi "hérissée", comme aurait écrit le sieur de Montaigne ! Lorsqu'a été imprimée la *Monstrorum Historia*, j'aurais aimé qu'elle soit encore en vie pour qu'elle souffre à la lecture de cet ouvrage.

Il y est dit cependant que naître poilu ne nécessite pas que le soient et la mère et le père ; "car si l'un des parents est d'aspect monstrueux, il sera probablement capable d'engendrer des semblables, attendu que la nature fait constamment tous ses efforts afin que nous nous donnions une progéniture à notre image. Récentement à la cour sérénissime de Parme, chez les Farnèse, il en est allé ainsi pour cette fille à la face velue qui, mariée et prise, accoucha d'autres êtres à la face velue".

Moi, enfin ? La petite créature de Dieu dessinée en France puis peinte en Bavière aurait fondé une famille en Italie ?

Ambrosini n'a pas supprimé "récentement" de l'ancien commentaire d'Aldrovandi. Quand j'ai lu ce mot, à l'âge de soixante-dix ans, j'ai remonté péniblement le cours de mon existence et c'est peut-être cela qui m'a tuée plutôt que la vieillesse.

Nupta ? Oui, j'ai été mariée.

Compressa ? J'espère avoir été prise. Mais pas de force, comme pourrait l'insinuer l'adjectif latin. Avec suffisamment de force, tout de même, pour que j'aie été empreinte ?

On a pensé que j'avais eu au moins une fille, Caterina, confirmée à Capodimonte le 18 avril 1606, et dont le sort est obscur. Un pareil prénom devrait m'aider à me la rappeler ! Je me rappelle Catherine Raffelin, Catherine de Médicis et les deux Caterina nées de mon frère Henri. Je me rappelle mes neveux et nièces mais aucun fruit de mon ventre, mâle ou femelle, *peloso* ou pas.

Je sais qu'un peintre anonyme du XVIIe siècle a représenté en buste une jeune femme pelue aux cheveux tirés en arrière, aux poils de visage très longs, soigneusement peignés et minutieusement restitués au-dessus d'une duveteuse poitrine, dégagée de manière indécente et ornée d'un nœud aussi rouge que la plume derrière son oreille droite.

Lorsque le portrait a été acheté pour enrichir une collection médicale de Londres, on a dit que c'était celui de la musicienne Barbara Van Beck, née Ursler à Augsbourg, et qu'il avait été exécuté en Italie, où elle s'était produite. Elle avait voyagé dès sa tendre jeunesse, y compris en France, s'était mariée à un Hollandais et avait même été engrossée. Les Anglais ne la possédaient qu'en gravure et la voulaient en peinture parce qu'elle s'était arrêtée quelquefois dans leur capitale. Il n'est pas impossible que ce soit elle le personnage du tableau... La plume derrière l'oreille, les cheveux en arrière, les poils du visage très longs et le nœud sur la poitrine figuraient déjà sur des gravures portant son nom. Mais alors, pourquoi le modèle ne serait-il pas plutôt une fille que j'aurais eue, ou une petite-fille, accoutrée à la façon de cette femme velue qui était célèbre en Europe ?

Il se peut que j'aie eu un unique enfant ou plusieurs, comme il se peut que je n'en aie pas eu ou qu'ils aient tous péri rapidement.

Je doute que de la fourrure apparaisse sur un fœtus par la puissance d'imagination des parents, mais je suis convaincue que par la puissance d'imagination des observateurs beaucoup d'erreurs germent dans les esprits à propos des humains pileux. On nous prête trop volontiers des destins éloignés de la réalité, quand on ne nous confond pas !

Ce qui est indubitable, c'est que morte j'ai oublié si j'avais été mère, moi qui vivante accusais Catherine Raffelin d'en être une mauvaise. Tel est mon châtiment éternel. En revanche, je me souviens de l'usage que j'ai fait de la potion d'Ambroise Paré. Et je me souviens de Giovan Maria Avinato, mon époux.

Je n'ai pas tué Catherine Raffelin, sauf si son vieux cœur n'a pas supporté qu'elle commence à m'affectionner.

Je n'ai pas tué Giovan Maria Avinato. Enfin... je pense que non, malgré que je sache sa mort soudaine et que je le revoie simplement jeune.

A-t-il succombé à une maladie ? Pas à la peste, puisqu'elle a frappé l'Italie du Nord en un temps où j'étais déjà avancée en âge. N'ayant pas eu à guerroyer, a-t-il été blessé ou abattu à la chasse, qui le tenait souvent hors du logis ? La raison qui aurait pu me pousser au meurtre était mon désir de le garder endormi dans notre lit, au lieu qu'il passe la plupart de ses nuits avec des chiens qui n'étaient pas les nôtres. Je crois qu'il m'aimait bien quand même, pas aussi fort qu'il les aimait eux mais assez pour me témoigner une forme de respect, car, ainsi que la meute dont il avait la charge, j'appartenais au duc de Parme.

Mon compagnon ne devenait offensant que pour comparer les robustes et féconds braques de Ranuccio Farnèse à ma petite bichonne. La fille de la chienne maltaise que m'avait donnée Henri III semblait frappée par la malédiction qui avait éteint la dynastie des Valois. Le choix de prétendants à sa taille et dignes d'elle ne servait de rien : ses chiots naissaient sans vie et lui ont coûté la sienne durant un accouchement encore plus difficile que les autres. Je ne l'ai pas remplacée après l'avoir choyée comme si je l'avais mise au monde. Peut-être a-t-elle été mon seul enfant velu, voire mon seul enfant tout court.

Giovan Maria éprouvait autant de répugnance à l'approcher que de plaisir à me caresser la tête par surprise. Mais lorsque j'avais le bonheur qu'il se couche à côté de moi, il n'ôtait ni ses vêtements ni les miens. Je ne voyais de sa pilosité qu'une de ces barbes follettes et pauvrettes qui ne sont pas le signe d'une chaude complexion aux yeux des savants. Et alors ? J'avais du poil pour deux ! Je me moquais que les Italiens jugent une femme barbue extrêmement luxurieuse et qu'un de leurs proverbes conseille de la saluer par des jets de pierres. Les mêmes parlaient de pénitentes prodigieusement pelues à force de vivre en ermite et vénéraient une sainte crucifiée dont la barbe miraculeuse avait préservé la virginité.

Je n'avais pas à m'imposer de pénitence ou à demeurer vierge, et pourtant je ne me rappelle pas avoir connu avec mon mari ce que j'avais découvert en lisant les descriptions de maître Paré : la 'chatouilleuse volupté' et la 'très grande délectation en la copulation' des animaux comme des humains. Par contre, je suis sûre d'avoir suivi la recette du chirurgien afin d''avancer la besogne', à savoir 'une fomentation d'herbes chaudes cuites en bon vin ou malvoisie' pour les parties génitales féminines et 'un peu de musc et civette' pour le col de la matrice.

Ah ! Ambroise ! Heureusement que vos textes et quelques autres gravés en moi de mon vivant me tiennent compagnie dans la mort ! Ici je ne rencontre personne, pas même vous, Dieu ou le diable. Elle n'est qu'ennui, la mort, que désolation. Je suis une morte fatiguée à toujours ressasser ma jeunesse parisienne, une morte hantée par le récit de sa vie évaporée. Il est prisonnier de l'éternité et de mon portrait à huit ans, comme enfermé sous mon corps piqué en velours de soie.

Je suis condamnée à me raconter en dévidant à perpétuité mes réminiscences selon un ordre immuable, sans réussir à retrouver intégralement la mémoire ; et chaque fois que j'en arrive à mon exil italien, j'ai envie de réduire à une poignée de phrases les trois quarts de mon existence, chaque fois mes souvenirs se troublent et se couvrent du même voile de brume qui décolore en toutes saisons Parme et Capodimonte.

À Parme j'avais ma propre habitation, à Capodimonte je séjournais périodiquement chez mon frère Henri. J'y étais déposée par Giovan Maria quand il amenait à Rome les chiens que le duc Ranuccio offrait au cardinal Odoardo Farnèse. Il revenait ensuite avec le prélat pour chasser sur une des deux îles du lac de Bolsena, des îles auxquelles je n'ai jamais eu accès et que je contemplais depuis la rive telles de mystérieuses terres de liberté.

Au décès de mon père, je résidais définitivement à Capodimonte, et donc mon époux avait dû mourir assez jeune puisque j'étais seule en cette année 1618. Le capricieux duc de Parme s'était lassé de moi et m'avait envoyée loin de sa capitale. Cela ne signifie pas que mes possibles enfants étaient déjà morts : le prince n'était pas du genre à s'émouvoir de mes inclinations et m'aurait séparée d'eux. Veuve, je n'intéressais plus celui qui s'était beaucoup diverti en m'unissant à son *canettiere* et *bracchiere* favori. Un valet de chiens ! Un piqueur !

Affront terrible pour les Gonzalès et récompense sévère pour le fidèle serviteur. Giovan Maria n'a pas manifesté de rancœur envers les Farnèse, moi je les ai maudits jusqu'à la dernière génération : cent quarante ans plus tard, il n'en restait aucun représentant mâle. J'ai aussi lancé une malédiction sur tous ceux qui disaient don Pedro "pas moins pileux qu'un chien", et même sur ceux qui le disaient en précisant qu'il s'était instruit dans les humanités.

Si Ranuccio appréciait le bel esprit de mon père, il lui reprochait d'être rebelle à la musique et de ne pas l'avoir fait apprendre à sa famille. Je dois reconnaître que le duc était habile au luth, qu'il avait quelques dons et que sa place à l'académie littéraire des Innominati se serait justifiée sans qu'il ait besoin d'être le maître en tout.

Car maître en tout il se voulait. Grâce à lui, des fillettes d'origine modeste recevaient une éducation, mais il imposait à ses sujets la surveillance d'une armée d'espions et de religieux. Il ne permettait pas aux Juifs d'être propriétaires à Parme ou à Plaisance et de loger en ville plus de trois jours d'affilée. Il confisquait leurs biens aux nobles sortis du duché à son insu, après deux mois d'absence. Il leur confisquait aussi la tête sur présomption de complot, comme celle de la très estimée signora donna Barbara Sanseverino. Et vers la fin de son règne, il persécuterait son bâtard légitimé puis lui infligerait la prison à vie.

Tel était le Signor Duca qui a cru amusant en 1593 de décider mes noces avec son valet de chiens. Son Altesse sérénissime m'a alors acheté à Parme la maison dont je suis certaine qu'il m'a expulsée à la mort de Giovan Maria. Elle lui a coûté trois cent dix écus et le registre des comptes stipulait qu'elle était destinée à Madalena di Pelosi. Je l'ai acceptée, bien sûr, mais j'aurais préféré qu'elle soit destinée à Madeleine Gonzalès.

J'y ai caché de plus en plus de livres interdits. Ils étaient si nombreux dans les États de Ranuccio, parfait complice des inquisiteurs ! Il aurait approuvé, je crois, que les bibliothèques personnelles se limitent à un unique volume : l'*Index librorum prohibitorum*. Déjà étaient censurées ou amputées tant de pages sur l'astrologie, la médecine, le droit, la politique et la guerre, tant d'œuvres théâtrales et romanesques, tant d'"histoires contenant des choses fausses, superstitieuses, apocryphes et lascives" !

Parmi elles, les *Piacevoli Notti* de Giovan Francesco Straparola étaient trop célèbres pour pâtir d'avoir été proscrites. Je m'enorgueillissais de lire ces nouvelles dans la traduction française, à l'exemple des princesses qui une fois mariées sur un sol étranger ne peuvent se résoudre à oublier leur langue maternelle.

Maternelle ou pas, aucune langue ne "peut assez suffisamment exprimer combien l'homme est tenu à son créateur de l'avoir fait et formé homme en ce monde, et non point bête brute", est-il écrit au début de la deuxième de ces *Facétieuses Nuits**.

Les Parmesans semblaient reprendre en écho cette opinion lorsqu'ils marmonnaient derrière mon dos :

— Nous sommes chanceux de ne pas être comme la Madalena di Pelosi !

Dans la suite de la fable, des fées regardent dormir une reine d'Angleterre en son jardin. L'une veut qu'elle conçoive le "plus beau fils", une autre qu'il soit "doué de toutes les vertus et gentillesses qui se puissent imaginer", une autre encore qu'il "naisse tout couvert de poil de porc" et qu'il "ne se puisse jamais changer de tel état s'il ne prend premièrement trois femmes". Les parents du garçon hérissé de soies finissent par consentir à un hymen, mais il entend sa nouvelle compagne murmurer, à l'heure de se mettre au lit : "Que ferai-je de cette puante bête, et infecte ? Je le veux tuer cette nuit, quand il sera sur le premier sommeil." C'est lui qui tue la méchante fille, puis la scène se répète avec une sœur de la victime, épousée aussitôt. Reste la troisième sœur, Meldinc…

* Les citations de G. F. Straparola sont issues de la traduction de Jean Louveau : *Les Facecieuses Nuictz du seigneur Jan François Straparole*, Lyon, Guillaume Rouille, 1560. *(N.d.A.)*

— La Pelosa va-t-elle nous prendre beaucoup d'hommes ? raillaient les habitants de Parme.

Non, je n'ai enterré que le valet de chiens et piqueur des Farnèse, en espérant ne pas l'avoir occis, et le personnage du conte n'a eu à supprimer que deux femmes parce que la troisième "le reçut humainement, étendant sa précieuse robe par terre, en le priant qu'il se couchât près d'elle". Quel dommage que Giovan Maria n'ait pu admirer la précieuse robe dont m'avait pourvue Catherine de Médicis sur la portraiture qu'elle avait commandée ! Quel dommage que Ranuccio ne m'ait pas fourni à grands frais celle de mes noces ! Je l'aurais étendue par terre en priant mon conjoint de se coucher près de moi.

L'ardent époux de Meldine "lui léchait le visage, la gorge, la poitrine et les épaules. Elle pareillement de son côté le caressait et baisait, en s'embrassant du tout d'amour". Giovan Maria ne m'aurait certes pas léchée à la façon de ma chienne adorée, mais, allongés sur ma vêture en velours de soie, nous nous serions embrassés et le véritable amour serait né.

S'étant libéré du sortilège, l'héritier velu du roi d'Angleterre n'a pas tardé à modifier son apparence : il "se vint à ôter sa puante et orde peau et devint un beau jeune fils, et coucha toute la nuit étroitement entre les bras de sa chère Meldine". Ah ! Si seulement mon mari avait daigné se déshabiller pour moi ! Et si seulement Dieu m'avait enlevé ma parure de poils !

— Vous croyez que la bête parlante du piqueur se dépouille de sa peau de chien avant de gagner leur lit ? Vous croyez qu'elle serait encore plus laide sans son pelage ? feignaient de se demander mes voisins en riant.

Vous avez ri votre soûl, Parmesans, mais j'ai été vengée de vos moqueries.

L'an 1606, la Torre Civica vous est tombée dessus. Elle était si ridicule avec ses deux cent quarante pieds de haut !

L'an 1630, la moitié d'entre vous êtes morts de la peste. Elle s'est introduite dans le duché au moyen d'habits vendus ou donnés par des Allemands qui devaient participer à la guerre de succession de Mantoue. Le dénommé Francesco Grassi, de Coenzo, aurait été le premier tué de telle manière. À peu de distance, un homme a recueilli au bord du Pô un mercenaire malade en échange d'accoutrements et de paires de petites chaussures, tout cela volé Dieu sait où. Le soldat était à peine inhumé que son hôte endossait les défroques et mettait les souliers aux pieds de ses enfants. Tous ont péri, et ainsi de suite…

Fallait-il que les Italiens soient stupides en agissant de la sorte ? Certains ont même continué à se procurer des vêtements contaminés tandis que l'épidémie ravageait le nord de la péninsule ! Le gros Farnèse qui régnait alors n'était pas non plus d'une intelligence supérieure, mais ce fils de Ranuccio s'est arrangé pour ne pas mourir de la peste : incapable de la combattre à Parme, il a fui avec les siens et sa meute de jésuites.

Si en ce temps-là je n'avais pas vécu loin au sud, à Capodimonte, aurais-je résisté à la contagion comme jadis derrière les murs de l'hôtel des Trois Mores, protégée par Ambroise Paré ? N'étant pas toujours un monstre, j'ai plaint les quelques bonnes âmes de mon pays d'exil de ne pas l'avoir eu auprès d'eux dans cette épreuve.

Pendant des dizaines d'années j'ai haï les Farnèse et détesté beaucoup d'Italiens, mais j'ai eu pitié des pauvres et j'ai remercié les audacieux libraires qui me ravitaillaient en lectures défendues ; j'ai honoré la mémoire d'une Italienne qui ne l'était que de père, la reine Catherine, car elle avait immortalisé mon enfance en désirant mon portrait ; et j'ai aimé un Italien, un seul, Giovan Maria Avinato, même si je ne peux affirmer que sur la couche nuptiale il m'a fait entrer dans l'âge adulte.

QUELQUE PART
ENTRE LA MORT ET LA VIE

Je me revois assise au bord du lac de Bolsena un après-midi de mai 1618, à bientôt quarante-six ans, mais avec l'impression d'en avoir huit parce que je serre contre moi la deuxième édition des *Œuvres* de maître Paré. J'ai regardé l'île Bisentina durant des semaines, de l'aube au crépuscule, avant d'admettre que mon père ne s'y trouvait pas.

J'ai eu tort de croire mon frère, qui m'assurait avoir obtenu la permission de le transporter là-bas, au monastère ; j'ai eu tort de penser qu'Henri n'était pas un si mauvais fils, bien qu'il n'ait plus toléré l'infortuné Pedro dans son logis lorsque y étaient reçus des notables du duché de Castro ; j'ai eu tort d'essayer de me convaincre qu'en le dérobant à leur vue le vaniteux Henrigo Gonzalez Parisiensis ne cherchait pas à ménager seulement sa propre réputation mais aussi la dignité faiblissante d'un faux sauvage qu'ensauvageait pour de bon la vieillesse.

Ma mère m'a révélé ce matin où était enfermé don Pedro, qu'elle m'a conjurée d'aider du mieux possible. Catherine Raffelin s'est repentie de m'avoir chassée autrefois de leur demeure parisienne. Je ne me souviens pas qu'elle m'ait embrassée, mais elle pleurait, ça oui !

Je me suis installée sur le rivage en tâchant de me persuader qu'elle s'était trompée. Selon mon habitude, je me suis mise à parcourir des chapitres d'Ambroise Paré au hasard, comme pour attirer l'ami pelu du chirurgien et pas simplement pour puiser du réconfort dans un discours bienveillant.

Mais la journée est très avancée et il me faut accepter l'évidence. Mon père ne quittera ni une île ni l'inviolable prison qu'est sa démence. Il ne viendra pas lire avec moi les pages sur la génération de l'homme : il ne sait plus lire et n'est plus vraiment un homme.

Je tourne enfin le dos au lac et prends la direction d'une grange sise à une demi-heure de marche de Capodimonte, au bout d'un champ en friche qu'Henri enrage de ne pas réussir à revendre. Le bâtiment est délabré mais solide encore puisque y est séquestré l'ancien sauvage des rois de France, qui a perdu et ses rois et la raison. Les vantaux de l'unique ouverture sont barrés par une pièce de bois que je pousse difficilement. À l'intérieur il fait sombre et dans la tête du captif il fait nuit noire.

Le peu de lumière qui s'engouffre par la porte entrebâillée le frappe cruellement. Il se redresse sans se lever. Ses habits déchirés sont éparpillés autour de lui. Il n'est plus don Pedro ni même Pedro. Il n'a plus du Gonzalès que les poils, de longs poils mouillés par l'urine et les excréments sur une litière jamais renouvelée. Pour toute boisson, de l'eau croupie au fond d'un baquet ; pour toute nourriture, une bouillie infâme au fond d'une auge à cochons.

Qui est chargé de son entretien ? Un vaurien chichement payé qui se rattrape en trafiquant avec la nourriture et la paille du malheureux ? Henri n'a pas remis les pieds ici depuis la relégation du père indésirable, sinon il n'aurait pas osé le laisser dans un tel état.

La bête qui a remplacé Pedro Gonzalès, la bête que des actes notariaux présentaient comme docteur ès droits, la bête à qui je dois la vie ne me reconnaît pas, ne semble même pas me voir. Je lui tends spontanément l'ouvrage de maître Paré. Je l'ai gardé afin de ne pas avoir à repasser par la maison familiale, où j'aurais croisé mon frère. Il y a aussi que les *Œuvres* me pèsent, elles qui d'ordinaire allègent mes peines : je ne suis plus jeune et j'ai eu du mal à en supporter le poids tout en cheminant.

Cet objet pas moins sacré qu'une bible est menacé de destruction entre les pattes de ce vieillard qui a été don Pedro, mais je n'en ai cure. Devant le triste spectacle de mon géniteur, j'ai l'impression que l'humanité entière s'est précipitée dans la sauvagerie, que notre affectionné Ambroise a rendu l'âme pour la deuxième fois et que le contenu de ses traités pleins de sagesse a été réduit en cendres. Alors qu'importe le contenant ?

Comment disaient-ils, déjà, les catholiques de la Saint-Barthélemy qui bourraient la bouche des protestants avec les pages des saintes écritures en français ? "Vous avez tant aimé ces livres ! Mangez-en à cette heure votre soûl !" Eh bien, toi qui es mon père malgré tout, toi qui as dévoré tant de livres, mange de celui-ci ! Il a été vidé de son sens ainsi que tu l'as été de ta substance. Je n'espère plus qu'il ranimera ton esprit et ton appétit de savoir, mais tu pourras te faire les dents dessus et me déchiqueter après. Je préfère être tuée par toi plutôt que de l'avoir été par ma mère, quand elle m'avait exposée à la peste en me lâchant dans les rues de Paris.

Et puis, qui me retient en ce bas monde ? Mon époux ? Mort, sans doute ! Mes enfants ? Qu'ils soient inexistants, défunts ou établis ailleurs que dans le haut Latium, cela revient au même. Catherine Raffelin ? Ma sœur Françoise ? Mon frère Orazio ? Ils ont trop peur d'Henri pour s'allier à moi durablement. C'est lui qui devrait être dans la grange au milieu des immondices ! C'est lui la véritable malebête ! Pas don Pedro l'érudit, devenu fou de s'être retrouvé garderobier des Farnèse à Capodimonte, sous la coupe de son fils et non d'un prince.

Fou il l'est, mais pas au point de me massacrer. Il s'apaise dès qu'il a planté ses crocs dans la reliure de l'épais volume. Ensuite, il la mordille lentement, presque tendrement. Parfois il s'interrompt, lève les yeux vers moi et tente d'articuler quelque chose entre deux grognements. Ce n'est ni du français ni du latin, et certainement pas de l'italien, que nous n'avons jamais parlé ensemble. Pourvu que ce ne soit pas du guanche ! Pedro Gonzalès ne peut être né à Ténériffe, il n'en a pas le droit... Il est le fils naturel d'un roi de France, le fils d'Henri II... Je veux qu'il le soit !

Est-il en train de bredouiller de l'espagnol comme à dix ans, lorsqu'il dissimulait ses origines ? Non, car remonter jusqu'à son enfance ne lui permettrait pas de repartir du début et de restaurer son entendement. Mais s'il n'a plus sa tête, je crois qu'il a toujours du cœur et qu'il a fini par sentir la présence de sa fille aînée : il m'appelle au secours dans une langue qu'il est seul à pratiquer. Comment répondre à ce reste d'humanité ? Pas autrement qu'avec humanité.

Ambroise Paré serait d'accord. J'imagine mon vénérable compère à mes côtés, sauf que le personnage qui m'apparaît en pensée est le Paré de vingt-sept ans qui vit sa première campagne militaire.

Je me remémore l'épisode évoqué chez Catherine de Médicis pendant qu'Étienne Dumonstier me dessinait. La masure des environs de Capodimonte ressemble à l'écurie de Suse, la ville piémontaise prise par les Français. La paille y est tout aussi sale, mais là ne gisent pas quatre combattants morts et trois 'appuyés contre la muraille, leur face entièrement défigurée'. Là ne gît que mon père. Aucun homme armé ne le regarde 'en pitié', ne demande s'il est possible de le 'pouvoir guérir', ne l'égorge 'doucement et sans colère', n'est accusé d'être un 'mauvais homme' et ne riposte qu''accoutré de telle façon' il souhaiterait qu'on l'achève, afin qu'il n'ait pas à 'languir misérablement'.

Tant pis si le brave soldat de Suse n'entre pas pour abréger cette fois les tourments de Pedro ! Pas besoin de son coutelas : j'ai constamment sur moi la fiole de poison qui endort, bien que ça me fasse mal au ventre quand je suis obligée de la coincer sous un modeste corps piqué. Depuis que je l'ai volée à maître Paré, au moment de nos adieux, ma vêture est la plus sûre des cachettes. Ambroise a-t-il tout découvert avant de mourir ? A-t-il été foudroyé par le chagrin ? Maintenant que je m'apprête à utiliser sa potion, mieux vaut le tenir en dehors de cette affaire.

Je verse un peu de venin dans le creux de ma main droite et l'approche de la bouche du patient incurable. Il s'en mouille le poil plus qu'il n'en avale, mais je ne suis pas inquiète : le parfumeur qui a confié la liqueur à notre chirurgien a spécifié que quelques gouttes suffisaient. De fait, don Pedro m'adresse un sourire paternel et cède paisiblement à un sommeil sans retour.

Paisiblement. Je le confirme pour avoir vécu ainsi mon trépassement le jour de 1642 où je me suis reconnue dans la *Monstrorum Historia* d'Ulisse Aldrovandi, fraîchement imprimée. Mon rusé de frère avait récupéré un exemplaire qui ne nous était pas destiné. Ayant inlassablement joué de la monstruosité afin de servir ses ambitions, Henri se rengorgeait que sa famille n'ait pas été négligée par cet Ambrosini qui avait mis en forme les notes de l'illustre savant de Bologne, même si elle n'était pas nommée ni fidèlement portraite.

Le vieux fils Gonzalès s'est admiré dans la gravure montrant un garçon pileux de vingt ans, tandis que moi qui étais plus vieille encore j'ai abhorré la phrase où j'étais la "fille à la face velue", la fille "mariée et prise" qui avait accouché "d'autres êtres à la face velue". Pas réellement une fille pour Aldrovandi, quoiqu'il ait invoqué les efforts de la nature : plutôt un humain monstrueux "capable d'engendrer" d'autres humains monstrueux. Je n'étais plus qu'une créature inventoriée par un naturaliste. Lui ne m'avait pas ouvert chaleureusement son cabinet. Il s'était borné à rencontrer ma sœur Antoinette, et uniquement pour l'examiner.

Les mots me concernant à la page 473 de la *Monstrorum Historia* ont résonné en moi tel un glas. Ce livre qui me ravalait au rang de monstre apte à produire des monstres m'était une prison dont je devais m'évader. Si j'étais un monstre, c'était à cause de mon très grand âge et non de mes poils, lesquels ne couvraient pas certaines de mes rides. Il est monstrueux que le visage s'abîme en vieillissant, que le corps s'avilisse, et de toute manière il était monstrueux de vivre si longtemps à mon époque. J'avais soixante-dix ans, comme Pedro Gonzalès lorsque pour son malheur il s'était fixé à Capodimonte.

En goûtant à l'ambroisie fatale un quart de siècle après lui, j'ai donné une preuve supplémentaire d'humanité puisque les hommes ont l'avantage sur les animaux de pouvoir prendre Dieu de cours en s'ôtant soudainement la vie. Je ne sais plus si j'ai eu des enfants et si outre mon père j'ai tué ma mère, mon mari ou les deux, mais je sais que le flacon était passablement rempli la nuit où je l'ai vidé. J'avais quand même peur de la mort au moment de boire, et peut-être ai-je bu pour cela aussi, pour dominer cette peur en gouvernant ma propre fin.

Non seulement le breuvage m'a facilité la tâche en me permettant de m'endormir agréablement, mais il continue d'agir en ce sens que l'on vit plus ou moins confortablement dans l'éternité suivant qu'on s'est éteint en souffrant beaucoup, un peu ou pas du tout. L'enfer et le paradis ne sont pas des régions de l'autre monde : ils sont l'écho perpétuel de ce que l'on éprouve à l'instant de notre décès. Il n'y a pas de purgatoire, pas d'état intermédiaire en attendant mieux. Le cuisinier de Clermont qui avait volé deux plats d'argent et qu'Ambroise Paré avait vu se tordre de douleur interminablement sous l'effet d'un poison diabolique, ce mort-là sera torturé pour toujours, alors que moi qui étais calme en expirant je serai tranquille à jamais.

Trop tranquille, même.

C'est pourquoi je raconte mon histoire en boucle. Je le fais par ennui plus que par nostalgie, cependant je la recommence invariablement en me translatant dans le tableau qui me figure à huit ans. Il laisse croire que je ne suis ni devenue adulte ni vraiment décédée ; il prolonge mon existence par la force de l'image, quelque part entre la mort et la vie.

Lorsqu'à la fin du XVIe siècle Guillaume V de Bavière a envoyé les portraits à l'huile des Gonzalès chez son oncle Ferdinand, archiduc d'Autriche et comte de Tyrol, ils ont élu domicile dans le magnifique château d'Ambras, aux portes d'Innsbruck. J'ai été placée au-dessus d'Henri, lui au-dessus de Catherine et Pedro à notre gauche, mais séparé de nous par une fenêtre.

Nous étions à l'entrée d'une immense galerie tapissée de tableaux et comme coupée en deux par une succession d'imposantes armoires disposées dos à dos. Ferdinand y rangeait les objets en fonction de la matière qui les composait principalement : pièces en cristal de roche ou corail, ivoires, albâtres, nacres, bois tournés, pierres taillées, orfèvreries, verreries et d'autres choses encore. Il avait convié des artisans de Murano et s'improvisait verrier lui-même, ou orfèvre.

Le palais abritait aussi des bêtes empaillées, des automates, des horloges, des instruments scientifiques, des productions de Turquie, de Perse, de Chine, du Japon, des Amériques... Et des armes, et une foule d'armures, et une bibliothèque de trois mille cinq cents volumes, et des portraitures innombrables, dont un millier de très petites dimensions commandées par le comte de Tyrol en personne.

Mais le plus précieux de ses trésors resterait la compagne à qui il avait offert la demeure d'Ambras à peine reconstruite. Du temps qu'il était gouverneur de Bohême, il avait épousé la roturière Philippine Welser ; elle allait déjà sur ses trente ans, lui sur ses vingt-huit ans. Leur union avait été heureuse durant plus de deux décennies, bien que jugée contre nature comme l'hymen de mes parents : la fille d'un marchand augsbourgeois, si riche soit-il, ne pouvait prétendre convoler avec un Habsbourg qui était chevalier de la Toison d'or et surtout fils d'empereur.

Les noces avaient été célébrées à l'insu de Sa Majesté impériale, laquelle, informée après des mois par Ferdinand, lui avait pardonné à condition que le secret ne soit pas violé. Un garçon était venu au monde, puis un deuxième, puis des jumeaux disparus rapidement. Chaque nouveau-né était déposé tel un enfant abandonné devant la résidence de l'archiduc, qui l'adoptait sur-le-champ. Mais nul n'était dupe dans son entourage.

L'aîné ayant été promu au cardinalat dès l'âge de dix-huit ans, l'amour qui liait ses parents avait été rendu officiel à cette occasion. Leur attachement n'avait pas molli jusque-là, de sorte qu'un ambassadeur vénitien rapportait alors : "Il ne peut passer une heure sans elle." Ferdinand avait pourtant dû se passer de Philippine parce qu'il lui avait survécu quinze ans. Elle était morte en serrant une croix d'absolution, cadeau du pape. C'était au printemps 1580, l'année où j'avais été dessinée à Paris et bien avant que mon portrait bavarois parvienne à Ambras.

Quand il y a emménagé, le château n'était plus occupé que par les merveilles du comte de Tyrol. Lui s'était remarié avec une nièce de trente-sept ans sa cadette afin d'essayer de fournir à la maison d'Autriche de purs mâles Habsbourg. En vain. Le couple logeait à Innsbruck même. La dépouille de la première femme aussi, dans une chapelle ajoutée à l'église de la cour. Et lorsque mourrait l'archiduc, il rejoindrait Philippine pour partager cet écrin avec elle comme ils avaient partagé celui d'Ambras.

J'aurais aimé qu'une si bonne dame soit ma mère ! Elle mettait ses connaissances en matière de médecine et d'apothicairerie au service de ses proches, de ses domestiques, des membres de l'administration comtale, de villageois des alentours et de prisonniers turcs qui travaillaient en tant que forgerons. Malgré que ses actions aient attesté sa noblesse, c'est-à-dire la seule noblesse qui vaille, celle du cœur, il se trouvait régulièrement des gens pour chuchoter qu'elle n'était pas noble et dénigrer son titre de *Freiin*, "fille de baron", sous prétexte que son père avait été fait tardivement baron de Zinnenburg par son époux.

En terre germanique je pourrais me revendiquer moi-même comme *Freiin*, car il est arrivé qu'on qualifie don Pedro de *haarige Freiherr von München*, "baron pelu de Munich", en songeant à ses prétendues hautes origines guanches et en oubliant qu'à Munich nous n'avions pas été accueillis en chair et en os mais juste peints d'après des crayons parisiens. Dans les inventaires d'Ambras, il était simplement l'"homme velu de Munich" et moi sa *Mädl*, sa "fillette", le plus beau titre qui m'ait été conféré avec ceux de "petit monstre" chez maître Paré et d'"infante sauvage" chez la reine Catherine.

En revanche, je ne raffole pas d'une autre dénomination qui paraît être de noblesse, un lieu lui étant associé, mais qui désigne de façon trop commune cette distinction de naissance qu'est notre pelage : depuis la fin du XXe siècle, les Gonzalès et leurs rares semblables sont dits atteints du "syndrome d'Ambras". Une fois de plus, on croirait que l'endroit où sont exposées nos portraitures est celui où nous avons habité !

Quitte à employer un vocabulaire médical, je préfère *Hypertrichosis universalis congenita*. Il a fière allure, ce latin-là, il est digne de nous et sonne telle une devise. Il aurait déplu à Ambroise, hostile aux langues antiques pour dévoiler les mystères du corps humain, mais le chirurgien n'avait qu'à nous attribuer l'une de ses formules si savoureuses et causer de nous au détour d'une page de traité.

Dans les années 1670, le Français Charles Patin a gardé lui aussi le silence à notre sujet. La lecture et le commerce d'ouvrages proscrits avaient valu à ce professeur de médecine une condamnation aux galères. Ayant échappé de peu à cette punition, le voici en exil ici et là avant de choisir l'Italie pour nouvelle patrie. Curieux de tout, notamment de médailles, il ne saurait manquer notre repaire tyrolien. Il parcourt les premières salles et s'arrête au seuil de la nôtre sans nous remarquer à sa gauche, encore ébloui par le peuple d'armures auquel il vient de se mêler, mais surtout désireux qu'on ouvre les armoires qui se dressent devant lui. À l'autre extrémité de la galerie, le Hongrois Gregor Baci a plus de chance que les Gonzalès avec son morceau de lance en travers de la tête : Patin se souviendra de lui, ainsi que d'un nain et d'un géant côte à côte dans un même tableau.

Cette "exorbitante inégalité de taille entre deux hommes" va suggérer à ce médecin une troublante réflexion sur l'intérêt suscité par les "jeux de la nature" : soit "on y admire sa capacité de pouvoir faire des hommes de plus d'une sorte", soit "on y admire son égarement de faire quelquefois bien plus ou bien moins qu'elle ne doit". Capacité ou égarement de la nature ? Puissance ou défaillance ? Fantaisie ou folie ? Une pareille ambiguïté est le propre d'un cabinet de curiosités et je suis contrainte de l'appliquer à ma personne, d'autant que ma robe en velours de soie et mes bijoux relèvent ou accusent ma pilosité faciale selon qu'on est charmé ou gêné en me découvrant sous forme d'œuvre au pinceau.

Descendu vers l'Italie pour prendre les eaux, le sieur de Montaigne aurait peut-être livré son opinion si en chemin il avait pu me voir sur la toile. Il a dormi dans un "très bon logis" d'Innsbruck, à l'enseigne de la Rose, et assisté au souper des deux fils du comte de Tyrol, mais on n'était qu'à la fin d'octobre 1580 et l'on portait toujours le deuil de Philippine Welser. Je n'étais même pas déjà une peinture à Munich, où le voyageur ne s'était pas attardé.

Le pire, c'est qu'il n'a pas réussi à visiter Ambras ! Un matin, il a demandé à "baiser les mains" de l'archiduc Ferdinand. On lui a rétorqué que ce dernier était "empêché à son conseil". Revenu à la charge l'après-midi, Montaigne l'a entraperçu au jardin, mais le prince a considéré que le lendemain "il serait plus en commodité". L'autre a rebroussé chemin avec amertume, le Habsbourg ayant déclaré dans son dos "qu'il ne voyait pas volontiers les Français et que la maison de France était ennemie de la sienne".

Le comte de Tyrol ne détestait pas tous les Français puisque mon père, mon frère, ma mère et moi avons été invités sur ses murs. Il est vrai que nous n'étions pas des Français comme les autres, hormis Catherine Raffelin, et que mon accoutrement réconciliait les maisons de France et d'Autriche. N'aurait-il pas dû vêtir Marie-Élisabeth, fille d'un roi de France et d'une archiduchesse d'Autriche ?

Nous avons été hébergés longtemps à Ambras. Par testament, Ferdinand avait refusé que ses richesses en sortent. Il a été obéi lorsque son cadet les a vendues avec le château à l'empereur Rodolphe II, au terme d'une décennie de négociations. Mais c'était compter sans les bouleversements de l'Histoire, les convoitises et les menaces militaires. Au XIXe siècle, nous avons "vécu" durant des dizaines d'années dans le palais viennois du Belvédère.

À notre retour, Ambras était devenu un "musée impérial et royal". Musée, il l'a surtout été après les aménagements du siècle suivant. On nous a installés alors dans ce qui avait été une bibliothèque.

La pièce ne renferme qu'un choix réduit d'œuvres d'art et de curiosités, elle n'est pas comparable à la galerie de jadis, mais on ne s'y sent pas mal, les Gonzalès ne sont pas remisés dans un coin et je ne suis plus séparée de mon père : c'est ma mère qui a été rejetée de l'autre côté d'une fenêtre. Il aurait fallu la bannir une bonne fois pour toutes d'un sanctuaire réservé à des singularités de la nature et à d'inestimables objets !

Je regrette d'être au-dessous d'Henri mais suis honorée que Philippine et Ferdinand, peints en pied, règnent sur notre merveilleuse assemblée. Ils auraient pu regagner les lieux précis où ils résidaient de leur vivant, car Ambras est constitué d'un bas château, l'Unterschloss, et d'un haut château, l'Oberschloss : les collections ont toujours été dans la partie inférieure, les appartements dans la partie supérieure.

Passer d'une vaste salle à une ancienne bibliothèque ne m'a donc pas fait accéder à l'Oberschloss. J'y mériterais pourtant une place rien que par ma belle robe, sans parler de mon sang royal si don Pedro est bien le fils d'Henri II ! En effet, on a réuni là-haut une quantité extraordinaire de portraits d'impératrices et d'empereurs, de reines et de rois, de princesses et de princes, presque tous de la maison d'Autriche par leur père, leur mère ou les deux.

J'ai beau être un monstre de huit ans à Ambras, la société des monstres ne me divertit pas. J'ai envie de m'arracher à la toile pour me rendre chez les infantes et les archiduchesses appendues aux murs du haut château. Évidemment, mon étonnante maturité m'autoriserait la fréquentation d'adolescentes, mais j'ai le droit de m'accorder une récréation quand je ne rabâche pas mon histoire et que je ne suis pas obligée de répondre savamment à maître Paré ni de tenir la pose devant Catherine de Médicis ; j'ai le droit d'être une véritable enfant et de m'amuser avec des fillettes. Ça ne me dérange pas qu'elles soient plus jeunes que moi. Au contraire ! Les poupées de chiffon sont des choses inertes, pas ces poupées-là, même si le risque de mort prématurée est grand. Je pourrais jouer les mamans auprès d'elles aussi tendrement que j'en avais l'habitude auprès de ma sœur glabre emportée par la peste et de la petite Jacqueline d'Ambroise, fauchée par je ne sais quelle maladie. Je les aiderais à chasser l'idée que la mort est une ogresse ! Pour cela, je consentirais à ce qu'elles rient aux éclats en me caressant le visage et les cheveux, du moment qu'elles ne m'enlèvent pas ma parure de tête.

Il y en a une à qui je ressemble, bien qu'elle n'ait que trois ans : l'archiduchesse Maria Christierna, par les formes et les couleurs de nos habits, par nos coiffures et nos bijoux, en particulier nos croix pectorales, par notre posture générale et la position de nos mains, sauf que l'une des siennes serre mollement la tige d'une rose blanche.

Elle est la nièce de Guillaume V de Bavière. Or je rappelle qu'outre commander les représentations à l'huile des Gonzalès, il en a offert des copies à sa sœur Maria Anna et à Charles d'Autriche, les parents de Maria Christierna. Mon peintre a-t-il été celui de la princesse avant d'être le mien ou s'est-il inspiré de sa portraiture, datée de 1577 ? On n'a pas envisagé une telle possibilité. Heureusement ! Je ne veux pas être le simple reflet d'une archiduchesse, je ne veux pas qu'un artiste n'ayant disposé que de mon visage au crayon ait complété mon personnage à partir d'un autre tableau. Je préfère avoir été dessinée entière à Paris sur l'ordre de la reine Catherine et sous l'œil protecteur d'Ambroise Paré, je préfère avoir réellement porté la robe de feu Marie-Élisabeth de France.

Si j'étais dans le haut château, je ne chercherais donc pas l'amitié de Maria Christierna, quoiqu'elle soit fort mignonne. J'éviterais de même

Marie-Christine de Médicis parce qu'elle est déjà très hautaine à trois ans, neuf mois et vingt-quatre jours, l'âge écrit au-dessus d'elle. Je serais trop tentée de lui apprendre que 'fin est la mort et principe de vie', mais elle refuserait d'admettre qu'elle n'est pas irremplaçable et je n'aurais pas la cruauté de lui révéler qu'elle ne vivra que vingt-deux ans, onze mois et dix-sept jours.

À l'Oberschloss d'Ambras, j'aimerais certaines enfants plus que d'autres. C'est humain ! Par exemple, je n'irais pas dire que 'fin est la mort et principe de vie' aux dames de cinq ans si sérieuses, voire un peu tristes, que sont Vittoria della Rovere, future grande-duchesse de Toscane, et l'archiduchesse Anna, future reine d'Espagne.

Une autre Anne d'Autriche, future reine de France, bénéficierait à ce titre d'une attention soutenue de ma part. Elle a des yeux pleins de malice, que ce soit à un an avec un oiseau, à trois ans avec un singe ou à six ans avec son frère. Cependant, je serais jalouse qu'elle ait des animaux, et jalouse des filles de tous âges qui sont peintes avec un chien. J'aurais tant besoin d'un tel compagnon dans mon tableau afin de combler ma solitude !

Faute de mieux, j'enseignerais aux petites qui en possèdent un la manière de poser leurs paumes sur le ventre de la bestiole endormie pour écouter à travers sa respiration celle de l'univers et trouver ainsi la paix, aux heures de tumulte, en ne songeant plus qu'à l'immensité du macrocosme. Je leur expliquerais qu'à mon avis les animaux et les monstres sont des microcosmes à l'égal des hommes. Par contre, elles sont vraiment jeunes pour que je leur parle du poison de maître Paré.

De toute façon, on ne me laissera rien leur raconter. On exhibe parfois mon portrait hors du Tyrol, et même jusqu'au Nouveau Monde, mais à Ambras on me cantonne dans le cabinet d'art et de curiosités du bas château. On m'interdit les murs du haut château, à quelques dizaines de mètres seulement : infante je suis, mais infante sauvage, pas moins pileuse qu'un chien.

Jamais on ne m'accrochera parmi les princesses et on n'acceptera que je sois une sœur pour elles.

Jamais on ne me fera oublier que je suis née avec la peur de n'être qu'un monstre et morte avec la peur de n'avoir été que cela.

ALBUM

Pedro Gonzalès, huile sur toile, 190 × 80 cm.
Anonyme, vers 1580. Innsbruck, château d'Ambras

Henri Gonzalès et Catherine Raffelin,
huiles sur toile, 100 × 86,5 cm et 111 × 92 cm.
Anonyme, vers 1580. Innsbruck, château d'Ambras

Pedro, Madeleine, Henri et Catherine,
huile sur parchemin parfois attribuée
à Dirk de Quade Van Ravesteyn, vers 1600.
Vienne, Österreichische Nationalbibliothek © D.R.

SOURCES

À CE JOUR, l'historien de l'art Roberto Zapperi est le seul à avoir publié une enquête approfondie sur les Gonzalès, en allemand puis en italien*. Il a notamment corrigé des erreurs de datation et de traduction du latin dans le témoignage du médecin bâlois Félix Platter**, lesquelles faisaient depuis longtemps la part belle aux fantasmes. L'éclairage de M. Zapperi sur l'histoire italienne de cette singulière famille demeure essentiel, mais pour la période française il n'avait pas eu accès, par exemple, aux actes notariés établis à l'étude parisienne de maître Thomas Périer du vivant de Pedro. Ces précieux documents n'en confirment pas moins sa version des faits : dans les années 1580, le "sauvage du roi" vivait toujours en France et c'est bien là qu'il s'était marié ; il n'était pas allé fonder une famille en Flandre sous la protection de

* *Der Wilde Mann von Teneriffa. Die wundersame Geschichte des Pedro Gonzalez und seiner Kinder*, Munich, Verlag C. H. Beck, 2004, et *Il selvaggio gentiluomo. L'incredibile storia di Pedro Gonzalez e dei suoi figli*, Rome, Donzelli editore, 2005.
** *Observationes*, III, 1614.

Marguerite de Parme, régente des Pays-Bas, ni n'avait été envoyé en Italie dès 1583.

La Nature et les Prodiges. L'insolite au XVIe siècle, de Jean Céard*, est une autre de mes lectures majeures : elle m'a aidé notamment à regarder les "monstres" avec les yeux d'un homme de la Renaissance.

Aux auteurs de cette époque je dois aussi rendre hommage. C'est bien sûr Ambroise Paré qui m'est le plus cher. Dans mes emprunts au chirurgien des rois, j'ai à peine modifié la ponctuation et modernisé l'orthographe de la deuxième édition de ses *Œuvres* (1579). J'y ai accédé via ce même Internet qui diffuse encore des erreurs à propos des Gonzalès. J'ai pu savourer la langue de maître Paré comme si j'étais assis en face de lui dans son cabinet, et ce grâce à la bibliothèque numérisée Medica, où la faculté de médecine de Paris met trésors et notices historiques à la disposition de tous**.

Parmi mes nombreuses sources figurent en outre de précieuses informations recueillies à Ambras. J'invite le lecteur à visiter ce château de conte de fées qu'on croirait spécialement bâti pour Madeleine.

À l'heure où j'achève ce roman, elle est plus que jamais un personnage de conte : son portrait se trouve dans les murs de la Wallace Collection de Londres avec celui de son père pour l'exposition "Inspiring Walt

* Genève, Droz [1977], édition revue et augmentée, 1996.

** www.biusante.parisdescartes.fr/histoire.

Disney". La dernière fois que je l'ai vue, c'était à Vienne en novembre 2018. Le cinéaste Wes Anderson y avait réuni des œuvres singulières dans le cadre prestigieux du Kunsthistorisches Museum pour son exposition intitulée "Momie de musaraigne dans un sarcophage et autres trésors".

Elle a un peu la bougeotte, Madeleine Gonzalès, et son portrait a fait d'elle une star, peut-être même au-delà de ce qu'elle espérait, mais le fait qu'elle ait vraiment existé la rend si émouvante et si attachante ! Au fond, c'est surtout elle qu'il me faut remercier ; et maintenant que j'ai fini de raconter son histoire à ma façon, elle me manque.

Où es-tu encore passé, petit monstre ?

Août 2022.

TABLE

Dans le tableau ... 13
À l'hôtel des Trois Mores ... 19
Aux confins de l'esprit ... 69
À l'hôtel de la Reine ... 89
En exil ... 149
Quelque part entre la mort et la vie ... 183

Album ... 203
Sources ... 211

« un endroit où aller »

extrait du catalogue

178. Eduardo Berti
RÉTROSPECTIVE DE BERNABÉ LOFEUDO

179. Victor Hugo
NAPOLÉON LE PETIT

180. Göran Tunström
CHANTS DE JALOUSIE

181. Anne Bragance
D'UN PAS TRANQUILLE

182. Annick Stevenson
BLANCHE MEYER ET JEAN GIONO

183. Pia Petersen
PASSER LE PONT

184. Nancy Huston
PASSIONS D'ANNIE LECLERC

185. Annie Leclerc
L'AMOUR SELON MME DE RÊNAL

186. Jean Duvignaud
LE JEU DE L'OIE

187. Breyten Breytenbach
L'ÉTRANGER INTIME

188. Jean-Luc Outers
LE VOYAGE DE LUCA

189. László Földényi
DOSTOÏEVSKI LIT HEGEL EN SIBÉRIE ET FOND EN LARMES

190. Ophélie Jaësan
LE POUVOIR DES ÉCORCES *suivi de* LA NUIT DU SYMBOLE

191. Hubert Nyssen
LES DÉCHIREMENTS

192. Catherine Mézan
UN PIANISTE VU DE DOS

193. Max-Pol Fouchet
DEMEURE LE SECRET

194. Pierrette Fleutiaux
LA SAISON DE MON CONTENTEMENT

195. Arnaldo Calveyra
JOURNAL D'ÉLEUSIS

196. Anna Maria Ortese
AURORA GUERRERA

197. Kjell Espmark
HISTOIRES À CONTRECŒUR

198. Anca Visdei
L'EXIL D'ALEXANDRA

199. Jean-Claude Grumberg
ÇA VA ?

200. Nancy Huston
L'ESPÈCE FABULATRICE

201. Andy Merrifield
L'ÂNE DE SCHUBERT

202. Brigitte Allègre
LES FANTÔMES DE SÉNOMAGUS

203. Dominique Sassoon
ÉVARISTE ET LES CHIRURGIENS

204. Pia Petersen
IOURI

205. Frédérique Deghelt
LA GRAND-MÈRE DE JADE

206. Anne-Marie Garat
HONGRIE

207. Anne Walter
PAULA, EN PROFIL PERDU

208. Anna Maria Ortese
À LA LUMIÈRE DU SUD

209. Hubert Nyssen
L'HELPE MINEURE

210. Nancy Huston
JOCASTE REINE

211. Anna Maria Ortese
FEMMES DE RUSSIE

212. Ophélie Jaësan
ICEBERG MEMORIES

213. Annie Leclerc
PÆDOPHILIA

214. Pia Petersen
UNE LIVRE DE CHAIR

215. Renaud Ego
UNE LÉGENDE DES YEUX

216. Guillaume Pigeard de Gurbert
CONTRE LA PHILOSOPHIE

217. James Matthew Barrie
PORTRAIT DE MARGARET OGILVY PAR SON FILS

218. Frank Huyler
LE DROIT DE LA SOIF

219. Arnaldo Calveyra
LE CAHIER GREC

220. Frédérique Deghelt
LA NONNE ET LE BRIGAND

221. Nicole Roland
KOSABURO, 1945

222. Christian Dumais-Lvowski
ÉTUDES DE TRISTESSE

223. François-Bernard Michel
PROUST ET BECKETT

224. Bernard Pingaud
L'HORLOGE DE VERRE

225. Gisèle Bienne
KATHERINE MANSFIELD DANS LA LUMIÈRE DU SUD

226. Caroline Lunoir
LA FAUTE DE GOÛT

227. Hélène Frappat
INVERNO

228. Jorn de Précy
LE JARDIN PERDU

229. Anna Maria Ortese
MISTERO DOLOROSO

230. Nicole Roland
LES VEILLEURS DE CHAGRIN

231. Éric Vuillard
LA BATAILLE D'OCCIDENT

232. Éric Vuillard
CONGO

233. Valerio Magrelli
CO[RPS]-PROPRIÉTÉ

234. Valerio Magrelli
ADIEU AU FOOT

235. Henry Bauchau
TEMPS DU RÊVE

236. Jean-Claude Grumberg
VOTRE MAMAN

237. François Poirié
À LA LISIÈRE

238. Brigitte Allègre
LE CORAIL DE DARWIN

239. James Matthew Barrie
ADIEU, MISS JULIE LOGAN

240. Hubert Nyssen
DITS ET INÉDITS

241. Bertrand Leclair
MALENTENDUS

242. Cécile Ladjali
SHÂB OU LA NUIT

243. Jean-Luc Outers
DE JOUR COMME DE NUIT

244. Gisèle Bienne
L'ÉTRANGE SOLITUDE DE MANFRED RICHTER

245. Justine Augier
JÉRUSALEM

246. Jean-Claude Grumberg
POUR EN FINIR AVEC LA QUESTION JUIVE

247. Emanuele Trevi
QUELQUE CHOSE D'ÉCRIT

248. François Emmanuel
AVANT LE PASSAGE

249. Olivier Py
SIEGFRIED, NOCTURNE

250. Claude Miller
LE CINÉMATOGRAPHE

251. Clark Ashton Smith
LA FLAMME CHANTANTE

252. Carole Zalberg
FEU POUR FEU

253. Bertrand Leclair
LE VERTIGE DANOIS DE PAUL GAUGUIN

254. Claudie Gallay
DÉTAILS D'OPALKA

255. Éric Vuillard
TRISTESSE DE LA TERRE

256. Valerio Magrelli
GÉOLOGIE D'UN PÈRE

257. Teodor Cerić
JARDINS EN TEMPS DE GUERRE

258. Lucien X. Polastron
UNE BRÈVE HISTOIRE DE TOUS LES LIVRES

259. Geneviève Marie de Maupeou, Alain Sancerni, Lyonel Trouillot
DICTIONNAIRE DE LA RATURE

260. Yves Chaudouët
ESSAI LA PEINTURE

261. Gisèle Bienne
LA BRÛLURE *SUIVI DE* MARIE-SALOPE

262. Jérôme Orsoni
DES MONSTRES LITTÉRAIRES

263. Olivier Dubouclez
HISTOIRE DU BASILIC

264. Jhumpa Lahiri
EN D'AUTRES MOTS

265. Walt Whitman
ÉCRITS DE JEUNESSE

266. Gustavo Dessal
TROP ROUGE

267. Jean-Philippe de Tonnac
AZYME

268. Frédéric Jacques Temple
UNE LONGUE VAGUE PORTEUSE

269. Jérôme Orsoni
PEDRO MAYR

270. Rosie Pinhas-Delpuech
L'ANGOISSE D'ABRAHAM

271. Éric Vuillard
14 JUILLET

272. Javier Cercas
LE POINT AVEUGLE

273. Anna Maria Ortese
LES PETITES PERSONNES

274. Catherine David
LETTRE OUVERTE À MA MAIN GAUCHE

275. Gisèle Bienne
LES FOUS DANS LA MANSARDE

276. Jérôme Orsoni
LE FEU EST LA FLAMME DU FEU

277. Giorgio Van Straten
LE LIVRE DES LIVRES PERDUS

278. Éric Vuillard
L'ORDRE DU JOUR

279. Olivier Dubouclez
ALMERÍA

280. Jean-Claude Grumberg
POUR EN FINIR AVEC LA QUESTION JUIVE
(L'ÊTRE OU PAS)

281. Emanuele Trevi
LE PEUPLE DE BOIS

282. Edgar Morin
L'ÎLE DE LUNA

283. Mark Twain
CETTE MAUDITE RACE HUMAINE

284. Frédéric Jacques Temple
DIVAGABONDAGES

285. Jean-Michel Ribes
CRIS ÉCRITS

286. Armand Farrachi
LE TRIOMPHE DE LA BÊTISE

287. Edoardo Albinati
UN ADULTÈRE

288. Éric Vuillard
LA GUERRE DES PAUVRES

289. Gisèle Bienne
LA MALCHIMIE

290. Caroline Fauchon
SANS EUX

291. Patrick Cloux
DURER ENCORE

292. Fabio Viscogliosi
HARPO

293. Espedite
COSMÉTIQUE DU CHAOS

294. Sébastien Berlendis
DES SAISONS ADOLESCENTES

295. Emanuele Trevi
SONGES ET FABLES

296. Gisèle Bienne
L'HOMME-FRÈRE

297. Pierre Loti
LE MARABOUT, LA PERRUCHE ET LE SINGE

298. Marco Martella
FLEURS

299. Laura Ulonati
DANS TOUT LE BLEU

300. Laurent Nunez
LE MODE AVION

301. Sébastien Berlendis
SEIZE LACS ET UNE SEULE MER

302. Éric Vuillard
UNE SORTIE HONORABLE

303. Eszter T. Molnár
TERÉZ, OU LA MÉMOIRE DU CORPS

304. Joseph Andras
POUR VOUS COMBATTRE

305. Bruno Messina
43 FEUILLETS

306. Claudie Gallay
VICTOR

307. Espedite
UTÉROTOPIE

308. Mario Pasa
L'INFANTE SAUVAGE

OUVRAGE RÉALISÉ
PAR L'ATELIER GRAPHIQUE ACTES SUD
REPRODUIT ET ACHEVÉ D'IMPRIMER
EN NOVEMBRE 2022
PAR NORMANDIE ROTO IMPRESSION S.A.S.
À LONRAI
POUR LE COMPTE DES ÉDITIONS
ACTES SUD
LE MÉJAN
PLACE NINA-BERBEROVA
13200 ARLES

DÉPÔT LÉGAL
1re ÉDITION : JANVIER 2023
N° impr. : 2205479
(Imprimé en France)